变猫

妖怪调查科

[日]高桥由太——著
吴嘉濠——译

中国友谊出版公司

图书在版编目（CIP）数据

变猫 /（日）高桥由太著 ; 吴嘉濠译. — 北京 : 中国友谊出版公司, 2020.5

（妖怪调查科）

ISBN 978-7-5057-4807-1

Ⅰ. ①变… Ⅱ. ①高… ②吴… Ⅲ. ①长篇小说—日本—现代 Ⅳ. ① I313.45

中国版本图书馆 CIP 数据核字（2019）第 209357 号

著作权合同登记号　图字：01-2020-0294

书名　变猫
作者　［日］高桥由太
译者　吴嘉濠
出版　中国友谊出版公司
发行　中国友谊出版公司
经销　新华书店
印刷　河北鹏润印刷有限公司
规格　880×1230 毫米　32 开
　　　6.25 印张　108 千字
版次　2020 年 5 月第 1 版
印次　2020 年 5 月第 1 次印刷
书号　ISBN 978-7-5057-4807-1
定价　39.80 元
地址　北京市朝阳区西坝河南里 17 号楼
邮编　100028
电话　（010）64678009

如发现图书质量问题，可联系调换。质量投诉电话：010-82069336

目　录

第一章

—

明天你将成为光头

—

Chapter 1

这一天，冬坂刀弥再次被卷进了麻烦的事件当中。

事情发生在他结束工作来稻亭喝酒的时候。一走进店里，他就被统子和黑助给拽了过去。

“统子变成光头了！”

“喵！”

“头发全都没了！”

“喵！”

“脑袋瓜变得光溜溜的！”

“喵！”

时值安永年间——十代将军德川家治在位时期，也正是田沼意次受到重用的年代。这个年代并不太平。从明和到安永，接连发生过大海啸及大火等灾害。相传明和九年将会是个不祥之年，幕府特地将年号改为安永。然而，依旧发生了樱岛火山大喷发等灾害。

这时候，本所深川[1]一带也发生了一场异变——

“脑袋光溜溜事件。”

“喵。”

刀弥眼前，统子的头上光滑锃亮，看上去就像是刚剃度的小尼姑。

“黑助倒是没变成光头咧。”早乙女夜之介似乎有点扫兴地说。

“喵……”

黑助的尾巴缩成了一团，看上去是因为自己没变成光头而感到沮丧，它大概是想要跟统子一样吧。这小家伙常常没有半点儿作为妖怪的自觉，比真正的猫还依赖主人。

“黑助大人还是毛茸茸的样子比较好哦。”统子安慰它说。

刀弥也是这么想的。一只本就长得像猫的雷兽若是没了毛，那就更加分不清究竟是什么生物了。

“不过话说回来，这头发还真是光得彻底啊。”

刀弥有点佩服。

统子下意识地摸了摸自己的脑袋。

“头上可冷了。”

“喵？”

---

1. 本所和深川都是江户地名，均位于江户城外围的庶民居住区。由于两个地方相邻且环境相似，常被统称为本所深川。

黑助有点担心地打量着统子，所幸她看上去似乎没有任何要感冒的迹象。不知道是不是由于头型长得好，光溜溜的脑袋瓜意外地很适合统子，俨然是个可爱的小尼姑，让人一点儿可怜的感觉都没有。

“不过头发既然已经掉光也没办法了。”

统子自己倒是挺看得开。

顺便一提，头发掉光的不只统子一个，还有其他人也突然变成了光头。

“变成光头了！”

三国大叫着出现在众人眼前。

这个金发碧眼的外国人的脑袋瓜也变得光溜溜的。

“这下子大家就看不出来我是个唐人了！”

看不看得出来有什么关系吗？

“不会的，你现在的样子也一眼就能看出来是唐人。”刀弥说。

三国的头发虽然没了，但金色的眉毛还在。白皮肤、高鼻梁，眼睛也依然是蓝色的。看上去甚至比有头发的时候还要像个美男子。

“三国已经变成二国了，再这样下去说不定就要变成一国了呢。”

原来没了头发这家伙名字里的“三”就会慢慢减到“一”啊。

“不管是变成二国还是一国，你先冷静一下。”

刀弥这么说之后，夜之介也附议道：“就是，吵吵嚷嚷的，我都不能好好喝酒了！”

比起别人的头发，居然更在意自己能不能好好喝酒。虽然十分不近人情，但这也是刀弥的心里话。

“不就是没了头发，有什么好慌张的？快把我的酒拿来。”

这句话简直太无情了。

“刀弥跟夜之介能这么冷静是因为自己没变成光头！”

“统子这回难得非常同意三国大人说的话！”

“喵！”

唐人、小姑娘，甚至连黑助也对两人埋怨道。

“在吵什么呢？会影响到客人们用餐哦。”

就在这时，稻亭的女将[1]出现了。

“啊！连阿园小姐也……”

阿园的脑袋也跟统子和三国一样光得彻底，锃亮得仿佛抛过光一般。

“妈妈好美啊！”

“喵。”

1. 女将，对料理店老板娘的称呼，男老板被称为大将。

本该已经对阿园的容貌司空见惯的女儿和“家猫”此时眼睛也放出了光芒。现在的阿园美貌动人得已经到了这种程度，完全就是位美尼姑。

“没有头发就相当于少了一层伪装，容貌只能完全靠脸来评判。”夜之介自说自话道。

确实如此，真正好看的人没了头发之后会变得更好看，而其他人则并不如此。稻亭母女二人本就十分好看，现在她们的容貌比起有头发的时候更为引人注目。

“光溜溜的脑袋似乎也不错呢。”

“嗯，感觉很清爽。”

“喵。”

不愧是江户人，很看得开。刚刚还被拽去倒苦水的刀弥甚至觉得她们是不是有点儿太看得开了。

不过，稻亭里此时还有个看不开的非江户人。

“我变成没有头发的唐人了……头发可是男人的生命啊！”

三国消沉得不行，大哭了起来。

夜之介那张像厉鬼一样的脸皱起眉头来。三国要哭是他自己的事，但在跟前哭的话，酒可就变难喝了。

“三国先生，不要这么沮丧嘛。”

阿园拍了拍三国的肩膀。作为女将，她很快就察觉到了客人表情的细微变化，想要改变店里的氛围。

“要哭也不要在这里哭哦。”

“可是我真的很伤心啊，如今没了头发的鄙人，只是一个飞不了的唐人，飞不了的唐人，就只是个普普通通的唐人了，我连自己的国家都回不去了……”

你有头发的时候也飞不起来啊。

“笨蛋伤起心来还真是没完没了。”

夜之介的脸色依然十分阴沉。

阿园继续对三国说道：“即使没了头发，也依然是个好男人，不是吗？”

“好男人……你在说鄙人吗？”

三国抬起头，眼泪立马停了下来。这唐人向来对美女毫无抵抗之力，何况还是他最喜欢的阿园。

“你真的觉得我是个好男人吗？”

“嗯，而且是个美男子哦。”

“美男子……”

三国嘴里反复嘀咕着这句话，阿园叫了他好几声：“而且啊……”

“啊，什么？”

“脑袋变得光溜溜的话，”阿园故意在这里停顿一下，往言语中倾倒热意说，“不就跟我一样了吗？”

这热意完全把三国“烫伤”了。

“跟阿园小姐一样……这么一说确实……”

三国仿佛被人提了线的木偶一样瞬间站起来：“跟阿园小姐一样……跟阿园小姐一样……”不知道将这句话重复了多少次。

统子顺势将一条围裙递给三国。

“这下子跟妈妈更相称了。”

“喵。”黑助也用力点了点头。

“相称……”

“一样……相称……也就是说，我们现在就像是夫妻吗？！”

刀弥觉得他完全误会了，但嫌麻烦就没说出来。阿园跟统子也没说什么，反而是黑助似乎有话要说地叫了一声：“喵。”

三国的身体像是触了电一般重新振作起来。

“鄙人决定为了相称的阿园小姐努力干活！就算变成一国也没有关系！”说完就拿起扫帚跑去干活了。这个男人一如既往地受着稻亭母女俩的摆布。

三国怎么样倒是无所谓，只不过这件事还真有点儿奇怪。

“头发是男人的生命吗？”刀弥嘀咕着，下意识地摸了摸自己的脑袋。头发还在，夜之介也是。

不过从统子、阿园还有三国现在的样子来看，似乎除了变成光头之外并没有发生其他坏事。

“没什么好担心的，过几天自然就长回来了。肯定是哪里的妖怪在作祟罢了。”

“统子也是这样想的，肯定是哪个妖怪干的好事。”

“喵。”

光溜溜骚动的话题就这么结束了。

“九助，快把我的酒拿来！再慢吞吞的我就把你许配给仁科了！”

夜之介跟往常一样吓唬河童九助。九助一脸惊恐，赶紧把酒给送了过来。

“要开玩笑麻烦只开仁科老爷一个人的！”

“有点难为我了，那么有趣的玩笑我可开不出来。”

稻亭很快就恢复成了平时的样子。

“夜之介大人，光溜溜骚动要怎么办？”刀弥为以防万一问了一下。

“不知道！”夜之介回答道，“即使头发掉光，酒也还是要喝的！”

这就是妖怪改方长官[1]的回答。

---

1. 长官，相当于江户时代的警察局长。

— * — * — * — * — * —

专门做军鸡[1]锅的“小铁”是一家懂行的人都知道的本所名店。

这家店坐落在竖川二桥边上，可以从二楼的座位看到川流之景。小船悠闲地行驶其中，常传来船夫的歌声。

“水都的鸟巢中，是水滴、露滴，还是白鹭的泪滴哟……”

声音听起来很年轻，且应该是个女船夫。

“小铁”是家只能容纳十人的小店，没招帮手，全由父女二人经营。下厨的是老板小五郎，年龄在六十岁左右，身材高大。有传闻说他以前曾是武士，不过沉默寡言的小五郎自己倒从没说过。

差不多是在十年前，小五郎和女儿阿优两人来到本所，开了这家军鸡锅店。

军鸡锅的做法很简单，往切成大块的军鸡肉上撒牛蒡和葱，再撒上稍浓的作料，辅以小火慢炖即可。入味之后的军鸡肉再蘸上蛋液吃——

“这个味道真叫人欲罢不能啊。”

“小铁”的所有客人脸上这时都会露出幸福的表情，甚至还

1. 军鸡，即斗鸡。

有人愿意花费一天收入特地从日本桥前来品尝。

“小五郎做的军鸡锅确实好吃，其中很重要的原因是他家用的军鸡本身就好。”

有人这么评价。

“小铁”用的军鸡是本所附近村子里散养的，其肉质新鲜得甚至可以当刺身生吃。内脏也一点儿腥味都没有，拿来下酒或者配白饭吃都很合适。

有一回“小铁”登上了本所深川美味排行榜，“小铁”顿时涌来大批客人。然而即使如此，小五郎也从没想过要扩大店面。有人邀请他到日本桥开店，但被拒绝了。而且一直也都只有女儿在帮他的忙，绝不雇人。问他为什么，只会得到一个简短的回答：“现在这样挺好的。”还嘱咐人不要再将他的店放进排行榜中。

由于除军鸡料理外不做其他东西，前来光顾的客人数量在那一段时间之后逐渐变得稳定下来。小五郎不喜欢引人注目，只想同往常一样经营店面，是个无欲无求之人，也有人说他是个充满谜团的男人。

— * — * — * — * — * —

小五郎的独生女阿优最近几乎每天都会去附近的一个稻荷

神社。

江户人虽然大多信奉神灵，但在这方面相当“势利眼”，导致了江户有很多祭奠流行神[1]的祠堂。阿优去的这个祠堂也是其中之一，坐落于回向院附近杂木林的一个角落里。

人们常将无人居住的房子称作鬼屋，那么同理，这个无比荒凉的祠堂也可以被称作“鬼稻荷”了。这儿的树荫里感觉好像随时会有什么不属于这个世界的东西蹦出来一样。

阿优发现这个地方是在三个月之前。今年的风相比往年要猛烈得多，杂木林中不断传来“沙……沙……”的声音。阿优当时在杂木林外面经过时手帕被风吹走，她在找手帕的过程中发现了这个地方。

这里长满了比她还要高的杂草和茂密的树木，祠堂里还有苔藓。祠堂非常小，才到阿优膝盖的高度。若不是手帕被吹走，她可能永远都不会注意到。祠堂祭奠的神狐非常可爱，然而已经脏得浑身乌黑。

“还真是脏呢。”

自言自语的一瞬间，阿优突然感觉神狐跟自己的视线对上了，双眼直勾勾地在向她恳求着什么。

---

1. 流行神，一时之间有大量人信奉而后又很快被忘记的神明。

“明白啦……”

阿优用刚捡回来的手帕温柔地擦拭着神狐的头部。好不容易把污渍擦干净，但神狐的头依然是黑色的。

“难道是只黑狐狸？”

阿优头上的树叶晃了一晃，发出“沙沙”的声音，像是在回答她一样。

黑色的神狐虽然罕见，但也不至于闻所未闻，何况流行神大多数是些奇奇怪怪的神灵。

“究竟是什么神呢？”

阿优这时候才想起这个问题来，在四周绕了一圈。可是没有任何头绪，周围有的只是成片树林。

“看起来好可怜……”阿优继续自言自语。

地上满是枯枝，祠堂中也都是蜘蛛网。看这样子想必已经被废弃了好几年。

“简直跟我一样。”阿优不禁想。

她一直以来跟在沉默寡言的父亲身边干活，不知不觉中已经二十一岁了。没有喜欢的男性，也没有女性朋友，除了父亲甚至都没有说话对象。一直以来，阿优都尽量不去思考自己的孤单而生活到现在，之后想必也是继续这样过下去吧。

“只能一条路走到黑了吗？”阿优嘟囔完，开始拔起祠堂前的杂草来。如果能将这里打扫干净的话，说不定还有人愿意过来祭拜呢。

虽然不清楚单凭自己一个人能做到什么程度，但阿优决定将这个“鬼稻荷”变得焕然一新。

“小铁”到午饭时间才开店，在这之前都是阿优的自由活动时间。

“反正也没事干。”

阿优没有告诉任何人，就这么开始往来于“鬼稻荷”。每天从早晨到正午前的这段时间，阿优都去“鬼稻荷”除杂草、收拾枯枝落叶。

过了一段时间，她逐渐发现凭自己一个人的力量没办法有更多进展了。

“这样下去就没完没了了。”阿优叹了口气。

这些估计有十年以上没人管过的树木和杂草茂密得像是完全包住了祠堂一样，不管怎么清扫，枯枝落叶总会继续出现。

“得把树枝砍断才行。”

阿优这么想着，下回来的时候就带了把用来除枝的柴刀。

虽然没有干过园丁的活，但她知道如果不把树枝砍掉，无论清扫多久，这里依然只会是个“鬼稻荷”。阿优每天在这里的时间就只够把落下的枯叶清理干净而已。

“试试看吧。”

决定了之后，阿优爬上最近的一棵树。

自打懂事起，阿优的身体就特别灵巧。她能像猫和小偷那样，在围墙和屋顶上轻易走动，比瞭望塔还高的树木也能立马爬上去。

“这是女孩子做的事吗？以后不要再这样了！”虽然以前被小五郎这么训斥过之后收敛了不少，但现在要爬上高处也毫不费劲。

阿优十分敏捷地爬到了树上。

明明很久没有爬过树，却还是很轻松地爬到了上面。

为什么自己这么灵巧呢？

阿优这时候才突然想起这个问题来，说不定是体内流着猫或者猴子的血液呢。

“呸，谁是猴子啊。”自己突然吐槽了一下自己。最近自言自语的毛病真是越来越严重了。

“像个寂寞的女人一样，真不喜欢。”又嘟囔一句之后她叹了口气。

来到最繁茂的那棵树的树枝旁边之后，阿优用右手举起柴刀。

就在这时，“咔”的一声，阿优踩的树枝断掉了。她忽视了一点——自己现在的身体比起小时候已经重了许多。

虽然身手敏捷，但阿优再怎么说也不是忍者或杂技演员，只能任凭身体往下掉。正下方就是祠堂，摔下来的话很有可能会直接撞上去。

就在这时候——

“嚯，真危险。”

耳边传来轻浮的声音，一个不认识的人接住了阿优。

不对，这个年轻男子阿优见过。

“里村大人……”

阿优被男子抱在胸前，将其名字叫了出来。

里村峰太郎，年龄在二十五六岁。虽然身穿浪人模样的衣服，不过看上去十分干净，头发和胡须都修得很工整。差不多从上个月中旬开始，他成了“小铁”的常客，几乎每天都光顾。但显然他不是这“鬼稻荷”的常客。

“您……您怎么会在这里？”

面对阿优的问题，峰太郎敷衍地回答道：“嗯？碰巧罢了。”

“这也太碰巧了吧……”

哪有这么巧的事。“鬼稻荷”在杂木林的角落里，根本不是能碰巧经过的地方。峰太郎一定是尾随阿优过来的。

“我预感到来了这儿就会有好事发生。”

明明是个武士，却咧嘴露出一口白牙笑着。看里村峰太郎总是一副轻浮的样子，就知道肯定是那种整天勾引妇女的花花公子。阿优即使被他救了也一点儿道谢的意思都没有。

“请把我放下来。”阿优从峰太郎的怀中挣脱出来。

“这种杂木林里不会有好事发生的。”阿优毫不客气地说。

要是被这种男人缠上就难办了，她可不想跟他有任何瓜葛。

“不，确实有好事。”峰太郎摇了摇头。对于花花公子来说，他现在的样子可谓一脸严肃，虽然容貌上依然让人感觉靠不住。

然而这么一张严肃的脸说出的话却一点都不严肃：

“毕竟从天上掉下了个女孩子呢。没想到能这么快就抱到阿优小姐。如果可以的话，麻烦过来让我再……”

说着就将脸朝阿优靠过去，嘴唇噘了起来。

“啪！”

阿优给了峰太郎一记耳光。

峰太郎虽然身为浪人，好歹也是个武士。作为平民的阿优就这么给了武士一记耳光，而且就在刚刚峰太郎还救了从树上摔下来的阿优。虽说把脸靠了过来，但并没有对阿优施暴。而且，峰太郎还是“小铁”的常客。

现在可好，峰太郎左脸上留下了阿优鲜红的手掌印，就算他要杀了阿优也并不奇怪。

然而他却毫不生气。

“那个……”

阿优正想跟他说点什么时，峰太郎又笑了起来。

“还真是有力气。”

看峰太郎爽朗的笑容，似乎不是在开玩笑。

阿优突然变得不好意思了。

不但爬树时摔下来，还给了救命恩人一记耳光。任何人听说了，肯定都会说“这可不是二十多岁女孩子做的事”吧。

“那个……实在非常抱歉，明明被您救了还……”

“没有没有，是我不对。突然这么朝女孩子靠过去，被打是应该的。”

果然刚刚是故意靠过来的，那章鱼似的样子是打算接吻吧？看来自己根本就没有必要跟这个男人道歉。不过在人家脸上留下这么红的巴掌印也确实有点过分了。

“实在很抱歉。”

虽然不大情愿，但阿优又道歉了一下。

不过峰太郎似乎没有在听她说话。

“确实凡事都得讲究顺序呢……”

他在那儿自言自语，仿佛领会到了什么东西。

“顺序？”

“当然是向阿优示爱的顺序啦。”

一本正经地尽说些不得了的话。

“里……里村大人，你这个人真是……”阿优想好好训斥他一番，却又没能继续说下去。她此时满面通红，大脑一片空白。

“示爱的话会给你添麻烦吗？”

“不……不是……”阿优不过脑子地摇起头来。这下子俨然像是接受了示爱一样，真是个愚蠢的回答。

“我说‘不’的意思是……”阿优想辩解来着，但被打断了。

峰太郎仿佛是不忍心继续看到阿优那窘迫的样子，叫了一声：“阿优小姐。”原本写满不靠谱的那张脸顿时变得男人起来，目光也不像之前那样轻浮。

“什……什么事？”

阿优只觉得自己的声音听起来哪里有些奇怪。

结果从峰太郎嘴里说出的话，却跟阿优所预想的不大一样。

“我们先从清理这个地方开始吧。我以武士的名义发誓，一定帮你把这里打扫干净。这样子在店外面也能见到阿优小姐了。”

“好……”阿优率直地点了点头。

峰太郎没有说谎。接下来的日子，他每天一大早就来到

“鬼稻荷”，帮阿优砍树枝、除杂草。这个人样子看上去有点吊儿郎当的，却还挺认真。

就这样，“鬼稻荷”慢慢变得干净了，时不时也有些人会过来参拜。

发生变化的不只是稻荷神社，还有阿优的想法。明明也没有发生什么，她却逐渐喜欢上了峰太郎。

说“喜欢上”也不大准确，阿优其实一开始就被峰太郎的开朗给吸引了。在店外面与峰太郎见面，享受两人独处的时间也成为她每天的期待。阿优甚至在想，如果“鬼稻荷”永远不会变干净就好了。

事情发生在扫除终于结束的那天，阿优正打算回家。

“阿优，我有话要对你说。”峰太郎叫住了她，脸上表情十分明显，两个人都知道接下来要发生什么，不过事情却没能像预想的那样进行下去。阿优深吸一口气等待峰太郎说话时，传来了其他男人的声音。

“能停一下吗？”

“嗯？”

杂木林中出现了小五郎的身影。他一脸不快地看着两人，峰太郎的脸都绿了。

“爸爸……”

小五郎不管一时语塞的阿优，对峰太郎说："里村老爷，你是不是不大厚道了？"

小五郎的语气听起来就像这件事跟自己没有关系一样。

"喂，小五郎……"

"还请不要如此不客气地叫我。"

"那么，老板。"峰太郎换了个称呼。他虽然面色苍白，但也没藏着掖着，"我并没有不厚道，我是真心想要跟阿优小姐……"

"关于这件事到此为止。"小五郎打断峰太郎的话，两眼瞪着他，说，"你莫非以为在下没有察觉到里村老爷你的真实身份吗？"

"真实身份……里村大人？"

阿优一头雾水。看峰太郎那脸色，应该是知道自己父亲的话是什么意思。阿优有不好的预感，她的呼吸突然变得急促起来，让小五郎不要接着说。

然而小五郎并不理会她。

"里村老爷可不是什么浪人。"

"欸……"

不是浪人？

而且，父亲从刚刚开始就一直称呼他为"老爷"。

"那他究竟是……"

"他是改方的官吏。"

“什……什么？”

“从出现在店里到跟你往来，全都是他的工作罢了。”

“骗人的吧……”

阿优不敢相信地小声说道，然而峰太郎并没有否认。

— * — * — * — * — * —

半个月之后。

草木业已入睡的丑三时，“鬼稻荷”祠堂旁边有三道不属于尘世的身影。

“嗯……这有点麻烦呢。”说话的是见越入道。

他是个长着长长的脖子且身材高大的僧人模样的妖怪，传说这种妖怪爱好躲在屏风后面偷窥他人。后来不知有没有这回事，眼下见越入道倒是没这癖好。

见越入道看上去虽像个邋遢的中年男子，但实际上是江户妖怪的头目，乃当地妖怪町内会[1]的会长，地位很高。他爱摆架子的毛病可能也跟这有关。

在“鬼稻荷”的不是只有见越入道一个妖怪。

1. 町内会，即自治会。

“别担心，我来帮你嚯。”生剥插嘴说道。

他戴着巨大的厉鬼面具，身披蓑衣。生剥在江户的名气比见越入道要大，是个相当有威望的妖怪。

“我最喜欢教训懒惰鬼了嚯。”生剥曾经这么描述自己。

明明本该是生活在东北地方的妖怪，不知为何却长居在本所深川。也不知道从什么时候开始，他负责起了妖怪町内会的咨询工作并身兼副会长，在町内会中有很高的地位。

此外，这生剥还是个野心家。

“接下来就是成为会长了嚯。”

当上副会长后他毫不掩饰自己对见越入道职位的觊觎，并聚集了许多妖怪支持他。

“生剥大人的话肯定能干得很好。”

“没错。”

尽是一帮叛徒。

朝三暮四的可不只有江户人，町内会的妖怪们跟人类一样喜新厌旧。简单说来，他们已经厌倦了见越入道。

“町内会需要您带来新的活力。”

“没错。”

生剥对这些妖怪说：“说实话，我们应该接纳大海另外那边的妖怪进来町内会嚯。”

不知为什么，他总喜欢在话里加上“说实话”三个字。

“没有这个必要吧？”

被这么质疑时，生剥一脸得意地说：“今后我们当妖怪的也需要有广阔的视野嚯。”

这个家伙一直都不把江户妖怪的传统和形式放在心上，对见越入道来说可以说是个不共戴天的敌人，而这个敌人现在就站在他旁边。

“你干吗跟过来？”

见越入道对生剥说。

在妖怪町内会据点的废弃寺庙中，放有一个妖怪意见箱。妖怪们在寻求咨询时都会把信放到意见箱里面。

提供咨询服务是妖怪町内会会长的工作内容之一。生剥虽负责管理咨询，但并不提供咨询服务本身。今晚的事情按理说跟他没有任何关系。

见越入道言下之意是让生剥回去，然而生剥似乎并没有领会到。

“作为町内会会长，可不能放着有烦恼的妖怪不管嚯。”

“我才是会长！”

“说实话，如果总在意这些细节可是会变成秃子的嚯。”

将见越入道的抗议搪塞一番后，生剥的目光回到住在这

“鬼稻荷”中的妖怪身上。看样子他打算从见越入道手中抢走咨询服务。

“你这家伙真是……”见越入道抱怨道，但生剥完全没在听。

“事情我大概了解了嚯。”

生剥说完话后，黑色神狐背上一个拳头大小的黑色毛球开始跳来跳去。这个小家伙看上去像个有手有脚的长满毛的小皮球。

它就是寄了咨询信的妖怪。

大家叫它“毛球软软”，或者简单一些直接叫“软软”。

它似乎是毛发之神，不过就算是神，顶多也只是个付丧神[1]。

“话说头发很方便被用来施加妖力嚯。”

生剥这家伙明明什么都不懂，却总喜欢不懂装懂。

这个“不懂装懂”其实是见越入道的主观判断。自己都不懂的东西，他又怎么可能会懂呢？

“本来就不算是有高强妖力的妖怪嚯。”他在说软软。

“你居然一直默默地住在这‘鬼稻荷’里面，真是个老实本分的妖怪嚯。”

你这家伙要是也能老实本分一些就好了，见越入道很想这么说。他多么希望生剥永远不再出现在妖怪町内会，最好孤身

1. 付丧神，器物放置一百年，吸收灵魂而诞生的妖怪。

一人默默地随便在哪儿的深山老林里靠吃野猪为生。

先不管这生剥了。软软确实是个老实本分的妖怪，它甚至不会说话。不过也许是同为妖怪的缘故，软软想说的他们都能理解。见越入道跟生剥很快就明白它想委托什么事了。

“实在很想帮你，但这件事真的有点难办嚯。”

生剥叉起双手，一副高高在上的样子。

确实是个难办的委托。软软想要他们帮忙撮合一个武士和一个平民的女儿。这对男女之前一起清扫了这座稻荷神社，最后被女方父亲拆散。

顺便一提，软软并不是“鬼稻荷”的主人，毕竟这里祭祀的是黑狐，软软只是住在这里。不过它非常感激那对清扫稻荷神社的男女。

生剥说道：“人类到底是讲究门当户对的嚯。想让武士和普通百姓的女儿在一起可不是一件容易的事嚯。”

正是这么个道理。不过要达到这个目的虽不容易，但还是有办法的。

身份乃是随家庭背景产生的东西。如果得到了武家收养，平民百姓也能成为武士家的女儿。先让武家收养再提婚事这种做法也并不少见。

不过这个方法必须有上司、同事，以及家人的通力配合才可以。一旦父亲反对就走不通了。

听到生剥的话，软软垂头丧气了起来。

“嗅可……”

这么小的一只妖怪难过起来尤其令人觉得可怜。见越入道想说这就是让生剥进行咨询的后果。

生剥轻轻敲了下软软的头，说道：“现在灰心还太早了嚯，应该还是有办法的嚯。”

该轮到我出马了。

见越入道露出得意的神情。这生剥不知道的是，别看见越入道长这样，对解决男女之事可是有着相当的自信。毕竟他跟妖怪、人类，甚至是母猫都谈过恋爱，并且全被甩了。要聊起伤心的恋爱往事来可没有哪个妖怪比得上见越入道。他相信自己一定能帮到软软。

“所谓恋爱啊……”见越入道刚开始说。

“吵死了嚯。”马上被生剥给打断了。

“人类之间的事，当然要去请教人类嚯。”

“人类？”

不好的预感在见越入道长长的脖子里游走。他在一天里即使有五次不好的预感，这些预感也往往会全部成真。

“我知道一个靠谱的人类嚯。”

“你想说的这个人类……莫非是长着一张鬼面，看上去比妖怪还要可怕……”

“没错嚯，长着鬼面嚯。就是妖怪改方的……”

“不行！绝对不能跟那家伙扯上关系！”见越入道使劲叫喊。

他脑海中已经浮现出了妖怪改方长官——早乙女夜之介那张可怕的脸。

“怎么能跟以捉拿妖怪为生的人请教呢？！”

不论是谁一定都会觉得这个主意相当奇怪，然而生剥不这么认为。

“妖怪改方捉拿的都是坏妖怪，软软又不是坏妖怪嚯。”

这话倒是很有道理。生剥看上去虽然四肢发达头脑简单，实际上比见越入道要聪明。

“话是这么说……”见越入道语塞了。

其实见越入道一直都警惕着夜之介。倒不是由于妖怪改方负责捉拿妖怪啥的，而是隐隐觉得夜之介会从自己手中夺走妖怪町内会。毕竟这人长得就像厉鬼，在妖怪之中也挺受欢迎的。

不过即便脸长得多么像厉鬼，说到底也还是个人类。人类夺走妖怪町内会这种事还真是闻所未闻。

“总之不行！这件事没的商量！我会想其他办法的！”

“说实话我不认为你想得出来喔。”生剥嘀咕道。

— * — * — * — * — * —

几天之后，一个妖怪来到了稻亭。

“真是伤脑筋喔。”

正是生剥。

自从在妖怪天下第一武道会跟稻亭众人结识之后，他就变成了这里的常客，几乎每天都过来喝酒。也不知道他的钱都是从哪里来的。

其实刀弥一直都在怀疑这个生剥到底是不是之前他们结识的那个生剥，毕竟他总戴着面具，而且在妖怪天下第一武道会的时候也曾有过让人当替身的前科。

眼前的生剥真的是生剥吗？刀弥并不清楚。

不管怎样，生剥已经被稻亭接纳了。

“秃头阁下还真是喜欢喝酒啊。”

“我来为秃头大人准备下酒菜！”

“喵！”

生剥跟三国、统子和黑助的关系很好。跟爱逞威风的妖怪町内会会长见越入道不一样，他非常有人缘。

“我给大家带了礼物嚯。”生剥经常这么说着就提着馒头、羊羹之类的东西走进稻亭。

“下次选妖怪町内会会长的时候我们一定给秃头大人加油！”

“喵！”

“我也是！”

“说实话，那可就帮大忙了嚯。”

生剥完全成了稻亭众人的伙伴。

作为伙伴，他将光溜溜骚动的起因跟众人说了一遍。

“也就是说都是见越入道搞的鬼嚯。”

“这样啊。”夜之介点了点头。不过只是随便附和一下，他大部分的注意力还是集中在刚端来的炸豆腐上面。

这道菜是将除去多余水分的豆腐切成方便食用的大小，再裹上马铃薯淀粉油炸而成的。直接食用虽然也很好吃，但九助为它增加了一道工序。

“要问料理的精髓是什么，自然是作料！”

九助往往会在热乎乎的炸豆腐里放上生姜磨泥，再蘸一口稍浓的高汤酱油，这就是稻亭的吃法。有时候也会配合着放些柴鱼片或者葱碎。

夜之介特别喜欢稻亭这种炸豆腐，一天不管多少盘都吃得下。经常整个晚上净吃炸豆腐了。

“九助，再给我来一盘炸豆腐。”

“我也来一盘吧嚯。”

“九助，总共来三盘。”

刀弥也跟着点了一盘炸豆腐后，对生剥说：“也就是说见越入道利用软软来把人变成光头咯？但他这么做是为了什么？”

刀弥一直都搞不清见越入道整天都在想些什么。

利用毛发之神软软的妖力确实能让人类变成光头，但这样做对他来说似乎也没有啥好处。

“你真的想不明白吗？”夜之介一边享用炸豆腐一边插嘴道，“有些人如果没了头发会很伤脑筋吧？”

“比如？”

“比如武士嚯。”生剥接下话来。他也是一边享用着炸豆腐一边说的，言行举止简直跟夜之介如出一辙。

就着炸豆腐喝了口辛辣的凉酒后，生剥继续解释道：“没了头发就不能当武士了嚯。”

“原来如此……是这样啊。”

刀弥总算明白了见越入道的企图。

发髻乃武士的象征，其样式根据身份和职务有所不同。如果随着年龄增长头发减少而盘不了发髻的话，大多数武士都会选择引退。

如果是年纪轻轻就已头发稀疏的武士，一般会出家当和尚或是成为普通百姓。虽然不知道对三国来说究竟如何，但对武士来说头发就是生命。

“见越入道看准的就是这一点嚯。里村峰太郎如果不能当武士的话，跟阿优就没有身份地位之差了嚯。”

生剥要说的已经清楚了，但还有一个最大的疑问。

“那他为什么盯上了稻亭？这儿跟里村峰太郎没什么关系吧？”

将阿园和统子变成光头也没办法撮合里村峰太郎跟阿优啊。

“应该是在练习吧嚯。”

“练习？”

“毕竟没法保证能让任何人都变成光头嚯。”

就跟求签问卜时而灵时而不灵是一个道理，妖怪的力量并非总能奏效。世间不存在对所有人都奏效的妖术。

“估计是想先做个试验，看看软软的妖力能有多大程度的作用嚯。”

那还真是个给人添麻烦的试验。

“除此之外，跟见越入道对之前的事耿耿于怀应该也有一定关系嚯。”

“之前？什么事？”

“就是决定稻亭料理长的料理比赛时的事嚯。见越入道那时候不是想当审查长来着吗嚯。”

经生剥一说，确实有这么一回事。刀弥还记得见越入道那伸着长脖子的样子。

“这点小事有什么好耿耿于怀的……”

“说实话，见越入道非常小心眼儿嘛嚯。”

“嚯，看来事情变得有趣了。”夜之介插嘴道。他终于吃完了炸豆腐，正在喝凉酒。

“为什么？因为见越入道的小心眼儿吗？”

“跟见越入道没关系，是那个里村峰太郎。”夜之介咧嘴笑道。这张脸看上去俨然就是个正盘算着掳走人类的厉鬼。

“里村峰太郎怎么了嚯？”

“喵？”

生剥和黑助歪着头问道。

这下只有刀弥知道夜之介在觉得有趣什么了。

“妖怪改方里并没有这个人。”

稻亭外面下起了小雨。

— * — * — * — * — * —

第二天下午。

刀弥奉夜之介之命来到军鸡锅店“小铁”。

来的不单他一个人。

“我一直都想来吃吃看呢。”

“统子也想吃军鸡锅！”

“喵！”

不知为何，阿园、统子和黑助也都跟着过来了。

然而夜之介却没来。

“夜之介大人是不来了吗？”刀弥疑惑地问道。

“他说要先去趟朋友家里，之后再过来。”

“对，夜之介先生说了他会迟到。”

“喵。”

结果只有刀弥不知道。连黑助都知道，刀弥却不知道。

“喵，喵。”

即使被黑助这么安慰，刀弥也很不开心。他感觉自己缺乏存在感已经不是一天两天了，甚至在夜之介眼中可能比见越入道还没有存在感。

刀鬼也没过来。这个懒惰鬼明明是妖怪改方的手下，却什么都不想干。

“头发突然掉光，关我什么事？！”

这家伙现在正在妖怪改方的宅邸里睡着午觉，得知刀弥要出门的时候只说了声："回来时顺便帮我带些酒。"

简直都搞不清楚谁是谁的手下了。为什么每个人都这样对自己？

也不管这不知为何闷闷不乐的刀弥，女将、小女孩和长得像黑猫的雷兽率先拨开了暖帘[1]。

"打扰了。"

"我们来吃军鸡锅啦。"

"喵。"

见大家进入店里，刀弥只好赶上去。他可不想总是被晾在一边，再磨磨蹭蹭的话，说不定会被排除到这个任务之外。

"我们来吃饭了。"

硬是说了句话以增加存在感。

想必是因为过了午餐时间，"小铁"里这会儿有不少空座。只有一个二十五六岁浪人模样的年轻男子，大白天的就边吃军鸡锅边喝酒了。

不知为何，刀弥有点在意这个男子。别看刀弥这样子，眼神可是相当锐利，一眼就看出来他是个会剑术的人。

---

1. 暖帘，挂在店门口的门帘，上面一般印着店名。通常开店时会把暖帘挂上去，打烊的时候会收起来。

（看起来不像是正经的家伙啊。）

虽然这么想着，但逮捕作恶的浪人终究不是妖怪改方的职责，何况这个人只是安静地在喝酒罢了，没必要太在意。刀弥将目光从男子身上移开，继续往店里面走。

“欢迎光临。”

一个让人感觉十分干练的年轻女子出来接待。她对阿园说道：

“您是稻亭的女将对吧？”

“哎呀，你居然知道我吗？”

“那是当然的。”年轻女子点了点头。

“在本所深川做餐饮的，若不知道稻亭的阿园小姐就说不过去了。毕竟您可是本所深川最有名的店的女将。”

阿园的名字在本所深川确实非常有名，但没想到一下子就暴露了身份，而且这年轻女子知道的还不只有阿园。

“你们是统子和黑助对吧？”

“是的。”

“喵。”

这两位也相当有名，乃稻亭的招牌，跟阿园可以说不相上下。

问题是剩下的那位。目光转移到刀弥身上时，年轻女子顿时哑然。

“这位是……”

刀弥虽然感到沮丧，但仔细想想也很正常，便报上了名字：“冬坂刀弥。”

“他是稻亭的常客，也是统子的未婚夫，还是个英俊的美男子哦。”

“喵。”

居然被小姑娘和雷兽帮忙圆场了。

“未婚夫吗？真好啊……”年轻女子看上去有点惆怅地嘀咕了一下之后，说，“我叫阿优。”

她便是跟那个自称改方的里村峰太郎坠入情网的姑娘，一眼就能看出来是个脾气很好的人。

“麻烦按人数给我们做个军鸡锅吧。”阿园先点了菜。

“还真是好吃啊！”

刚吃下第一口军鸡锅，刀弥就称赞起来。

他倒也不是头一回吃军鸡锅。稻亭虽然不做这道菜，但本所深川还是有不少店在做的。他甚至去过日本桥和浅草较为高档的军鸡料理店，然而不管哪一家都比不上这“小铁”的军鸡锅。

“跟之前吃过的完全不一样！”

他之前吃过的军鸡锅的军鸡肉质都比较硬，而且总有股军鸡特有的难闻味道。为了掩盖这种味道，店家往往会把汤做得很浓，一顿吃下来令人喉咙十分难受。

而“小铁”的军鸡锅，却能将军鸡肉煮得特别嫩。虽然味道也较为浓厚，但军鸡本身的味道并没有被掩盖掉。

军鸡肉、牛蒡、葱、魔芋，放入汤中的食材明明都一样，“小铁”的军鸡锅却比其他店的要好吃得多。

“想必是用新鲜军鸡花了很大工夫才做出来的。如果换成急性子的九助可没办法做到这程度。”阿园佩服地说道。

“九助先生都做不出来吗？”

“喵？”

统子和黑助一边吧唧着嘴一边问道。

“倒不是说九助技不如人，而是人生经历的差距。”

说不定确实是这么一回事。九助活得虽然比较久，但经历还是比较少的。

“似乎有点深奥呢。”

“喵。”

统子和黑助皱起了眉头。

“等你长大就知道了。”阿园摸摸统子的头。她这句话似乎也是在对阿优和刀弥说的。

—　*　—　*　—　*　—　*　—　*　—

本所深川是知名的安乐之地。由于离江户城中心较远，加上戒律宽松，小宅邸一座连着一座。

这里跟日本桥、浅草、两国等地方比起来物价也相对较低，许多手头不宽裕的人聚集在这里。盗贼、逃债的、避风头的人都有不少。当然了，单纯的穷人也很多。

“这下子可糟糕了……”

彦十一边沿竖川走着一边叹气，他也是其中一个手头不宽裕之人。

他已将近六十岁，个头儿较矮，从体形和穿着上看跟众多路人并无差别，但实际他此前做的并不是什么正经营生。

“巢鸭的彦十”，这是他作为盗贼的绰号。

他以巢鸭为根据地，虽曾劫遍整个江户，不过他是个有原则的盗贼。

所谓有原则，指的是盗贼世界中的三个规矩：

第一，绝不杀人。

第二，绝不侵犯女性。

第三，绝不对穷人下手。

世间也将坚守这三个规矩的盗贼称为“义贼”。彦十当初就是个名扬天下的大义贼。

然而岁月不饶人，作为正统派大盗贼广为人知的彦十这两三年来彻底衰老，走路时已经无法做到隐去声音。大盗贼便这样衰落，彦十的盗贼生涯到此为止。

他如今只能靠在澡堂给人烧水等琐碎的活儿来养活自己。既没有家人，也没有钱。没有过夜钱对江户人来说可是天大的灾难。

彦十现在不断重复着“糟糕了”这句话，倒也不是发生了什么不得了的事情，只是肚子饿了而已。

这几天他一直没找到活儿干，已经整整两天没吃上饭了。

“世间怎么就变得这么萧条了呢？真不像话啊。”

其实不只是彦十有这些烦恼，几乎所有盗贼的晚年生活都相当凄凉。

眼下彦十没有任何可以依靠的人，只好来本所深川碰碰运气，看能不能搞到些吃饭的钱。上年纪后手脚也不灵活了，没有人愿意雇他。有也都是些临时工作，时常吃了上顿没下顿。

“人活得太久真是没一点好事啊！”

虽明明是由于过去生活得太过随心所欲才落到如此田地，但他这么感慨也令人可以理解。毕竟大多数人在年轻时只顾眼前的事，不会考虑太多老后的生活。

“会不会有好心人请我吃顿饭呢？”

就在他自言自语时，有人从背后叫了他一声：“这不是彦十大爷吗？”

已经很久没人这么称呼他了。而且，这个声音听起来有点儿耳熟。

“……”

彦十警惕地转过身去，只见“野槌万吉”站在那儿。

所谓“野槌”是一种长得像蛇一样的妖怪，据说会将人整个吞到肚子里，也被称为“槌之子”。万吉分明是个人类，却有个妖怪的名字当绰号，可不只是由于他长得矮胖。他也是个盗贼。

虽然同是盗贼，但万吉跟彦十相当不一样，他是个心狠手辣之人。

万吉差不多三十岁，只有彦十儿子一般的年纪，杀过的人却已经用两只手也数不清了。跟一直以来遵守着那几条金科玉律的彦十不一样，万吉做事不择手段，甚至连十二三岁的女孩和刚出生的婴儿也不放过。同伴若是指责他，他便连同伴也一块儿杀掉。

“这些可是我人生的所有乐趣。”万吉还不知羞耻地说过这种话，完全不把彦十一类正统派盗贼的做法放在眼里。

“要是像彦十大爷那样的话，日子可就过不下去咯。”

同意这句话的不止万吉一个盗贼。如今这世道，不择手段的盗贼越来越多了，像彦十那样讲究原则的盗贼近乎绝迹。

（我的做法可能已经被这个时代抛弃了。）

彦十自己也这么思考过很多次，不过他始终都没办法去干一些天理难容的事情。血的气味令他恶心，对女人或小孩下手的情景光是想想便会难受。自然而然，他也十分厌恶万吉这种人。

不过万吉倒是不知道自己被彦十厌恶着，即使知道估计也不会放在心上，万吉对他人之事漠不关心。

“你还真是老了不少呢。这么一来可不能叫你彦十大爷，得叫你彦十爷爷了。”

彦十想叫他离自己远点，但想想还是没说出口。取而代之的是他肚子的叫声。

万吉笑了一下，说：

“彦十爷爷，这是贫穷的声音啊。”

“不过是肚子不舒服罢了。”彦十逞强地说。

然而肚子出卖了他，不停地发出声音。毕竟他从昨天开始就啥都没吃。

“那干脆我请你吃顿饭，让你的肚子舒服些如何？跟我走。”

没等彦十回答，万吉就迈出了脚步。

“再不跟上来我可就丢下你不管咯。”万吉头也没回地说道。

彦十虽然想说“我可不想被你这种家伙请”，然而实在没法再饿下去了。

“等等……”

彦十朝万吉追了上去。

走到一家店门口，万吉停下了脚步。还没看招牌长啥样，彦十先是闻到了食物的香味。

“鸡……是鸡锅吗……”

是用来煮肉的酱油和砂糖的味道。前胸快要贴到后背的彦十嘴里仿佛随时都要流出口水来。

看彦十这样子，万吉讥讽道：“喂喂，你已经老眼昏花到连字都不认识了吗？这儿卖的可不是普通的鸡锅，好好看看招牌。”

“军鸡锅‘小铁’……你居然要请我吃军鸡锅吗？”

彦十甚至没有生气的力气，只管问了。

军鸡锅曾是彦十的最爱。享用慢火煮出来的军鸡锅，再喝上一杯热酒，光是想想这情景他就已经欲罢不能了。

已经不知道多少年没有吃过了。每天被生活紧追不放，甚至忘记了自己曾经最喜欢的食物。

万吉倒还挺慷慨："咱们自然也不能光吃东西，得喝些酒。"

"那倒是感激不尽……不过，你有这么多钱吗？"

万吉虽然没有彦十那般落魄，但看起来也不像是有钱的样子。

"就算是在本所，吃军鸡锅肯定也得花不少钱吧？而且还要喝酒。你如果打算吃霸王餐的话还是别带上我了。"

"吃霸王餐？你这不是瞧不起我'野槌万吉'吗？"

这个恶人有点不大服气。

"我倒是没有瞧不起你的意思……"

彦十辩解道。这时万吉说了句意味深长的话："我身上的钱确实吃不起军鸡锅，不过你也不必担心。"

"嗯？这是什么意思？"

"这'小铁'的老板，可不是外人。"

"不是外人？"

"嗯，以前是咱们同行。"

"野槌万吉"一边阴险地笑着，一边拨开了军鸡锅店的暖帘。

— * — * — * — * — * —

见越入道跟软软来到了妖怪改方的宅邸。目的自然是为了把里村峰太郎变成光头。

这会儿夜之介跟刀弥都不在，倒是仁科甚吾看上去十分悠闲地在那儿打哈欠。

“等你长大可千万不能变成那样。”见越入道说。

“嘆可。”软软用力地点了点头。

见越入道跟仁科甚吾也算认识，他们在妖怪天下第一武道会的时候见过。此外，仁科是江户的知名废柴。

仁科注意到了见越入道和软软。

“哟，这不是飞跃入道吗？”

是见越入道。

不过见越入道懒得纠正他，也没说什么。

“我来见里村峰太郎。”见越入道开门见山地说道。

面对废柴仁科他也没必要拐弯抹角，这家伙不像夜之介和刀弥，连刀都不会用，应该比自己弱。虽然是妖怪改方的成员，但估计没有什么妖怪是他制服得了的。见越入道总觉得仁科能在妖怪改方是一件不可思议的事情。

“快点给我把里村峰太郎叫出来。”

见越入道的语气完全像是在使唤手下一样。

“里村？”仁科皱起眉头来，看上去一脸不解。

“哪个里村？”

他连这么简单的事都做不来吗？果然不管是在妖怪还是人类里面都有些没用的家伙。傻瓜也总会有些用处，这仁科是一点用处都没有。

见越入道叹了口气，说："妖怪改方里有个叫里村峰太郎的人吧？"

"没有啊。"

"什么？别跟我装蒜！"

"我干吗装蒜？装蒜多麻烦啊。"

仁科这么说着，把妖怪改方的名簿拿出来给见越入道看。

"不信你看。"

早乙女夜之介、仁科甚吾、冬坂刀弥、早乙女善……

看了一圈，还真没有里村峰太郎，相似的名字也没有。就算仁科再怎么靠不住，名簿好歹不会说谎。

"这名簿昨天才修订的，不会有错。"仁科一脸得意地说道。

"这么说阿优被骗了？"

见越入道感到有点不妙。

人类是爱说谎的动物，特别是男人。这个世界上伪造身份来欺骗女人的男人可多了去了。看来阿优也被某个假冒妖怪改方之名的男人给骗了。

"虽然不大清楚是怎么回事，但你怎么可以一竿子打死所有男人呢！”仁科插嘴道。

不过他毕竟也是个男人，想必跟里村峰太郎是一丘之貉，见越入道不太想理他。

“这是事实，男人就是这种生物。”

另一个妖怪这时似乎有话想说。

“嗼可！”

软软在见越入道的肩膀上不停跳动，看上去似乎有什么不满。

“嗯？怎么了？”见越入道歪下头来。

“嗼可嗼可，嗼可！”

耳边传来了毛球语。

“嗯……”

原来说里村峰太郎是改方成员的并不是他自己，而是阿优的父亲小五郎。小五郎出现在两人面前之后告诉阿优里村峰太郎是改方成员。软软这么说道。

“欸？”

那么阿优的父亲就是在骗她咯？

虽然不大清楚小五郎为什么要这样欺骗自己的女儿，但即使小五郎是在说谎，也依然有个奇怪的地方——里村峰太郎并没有否定小五郎说的话，相当于默认了自己是妖怪改方的人。

“这到底是怎么一回事？”

见越入道感到十分不解，他歪着长长的脖子沉思着，由于歪得太过头，脖子仿佛要打结一样。再这样下去估计得缠成一团了。

脑海中一片混乱的不只是见越入道一个。

“嗼可。”

软软的身体也歪了起来，看上去似乎也在沉思。但从之前找妖怪町内会咨询时的样子其实也可以看出，它并不是什么聪明的妖怪。

“你们再怎么烦恼也烦恼不出个结果来的。”

说这句话的是仁科。明明什么都不知道，却在那儿指点江山。

“不清楚的事情，去问清楚的人不就好了吗？请教自己不懂的事情并不是一种耻辱，哪怕是耻辱，别放在心上就行了。”

瞧他那扬扬自得的样子。

虽说人要知耻，但仁科的话还是有一定道理的。

“光在这儿伤脑筋也不是个办法。”

“嗼可。”

见越入道和软软相互点了点头。俗话说“蠢人动脑不如睡觉”。

“毕竟‘询问只是一时之耻，不问却是一生之耻’，妖怪的一生很长的对吧？这时候如果不问的话，那就得是好几百年的羞耻了哦。”

见越入道想了想，这句话也挺有道理。

“嘆可！”软软也在佩服仁科说的话。

“你这家伙也能说出不错的话来呢。”

“那是当然了，我好歹是妖怪改方的与力[1]头儿。”仁科得意地回答道。

这家伙说不定也会威胁到自己妖怪町内会会长的位置。

“得未雨绸缪才行……对了！”见越入道拍了一下手。

“你教会我这么好的道理，我得好好回报你才行。”

“回报？你是想要贿赂我吗？”

仁科这下更加得意了。这帮当官吏的还真是恬不知耻。

“软软，上。”

见越入道说这话时简直像是在使唤杀手杀人一样。

“嘆可！”

毛球妖怪翻了个跟斗。

接着，仁科的头发“啪”的一下掉光了。

“呜哇！发生了什么？！我的头发！”

仁科吓得手脚都不听使唤了。

太美妙了。拥有力量是一件多么美妙的事情。

---

1. 与力，江户时代捕快的称谓，多为世袭制。

“从今天开始你就是光头仁科了。”见越入道嘟囔道，这么一来他就安心了。

“还是去问一问为什么要说谎吧。”

“嗼可？”

“嗯，没错。咱们去‘小铁’会一会小五郎。”

当两只妖怪正要离开的时候。

“虽然不清楚发生了什么事，我也跟你们一起去吧。没有头发也方便了不少。”

也不知道是什么方便了不少，总之脑袋光溜溜的仁科也跟了上去。估计是因为太闲了吧。

“行吧，万一有什么事发生也可以拿来当挡箭牌。”见越入道小声嘀咕道，而且要拒绝仁科估计也挺麻烦的。

— * — * — * — * — * —

镜头再回到“小铁”。

不只是军鸡锅，任何锅料理煮得越久味道都会变得越重。而且，不管多么好吃的东西都会有腻的时候，味道浓厚的军鸡锅更是容易让人感到腻。对于喜欢清淡口味的刀弥来说，军鸡锅煮久的味道实在太重了。

阿优注意到刀弥下筷的频率显然降低后，拎了个竹笼过来。

“现在开始才是正餐哦。”

“嗯？”

统子和黑助看到竹笼中的东西后发出了欢呼声：“好多鸡蛋啊！”

“喵！”

“真的吗？！”

竹笼里放了满满的鸡蛋。就连刀弥也吓了一跳。在这个年代，鸡蛋是比较高级的食材。

“接下来请把军鸡蘸上生鸡蛋吃吧。”阿优说道。

多么奢侈的吃法啊。

“这鸡蛋看上去相当新鲜呢。”阿园将鸡蛋拿到手中佩服地说。

“一定非常好吃！”

“喵！”

统子和黑助也断言道。

光是把鸡蛋拿在手里就能看得出新不新鲜了？刀弥不太相信。

结果，事实还真如阿园所说。将鸡蛋敲碎放入小碗中后，只见其蛋黄与蛋清的边界十分清晰，看上去仿佛能直接用筷子夹起来一样。这便是鸡蛋新鲜的最佳证明。

“农家刚刚才送过来的。”

这鸡蛋是刚孵出来的，还留有余温。问了才得知那农家是小五郎的熟人，以较低的价格向他供应鸡蛋。

“欸，老板交际还真广阔呢。”阿园说道。

“哇……”

刀弥把军鸡肉蘸上鸡蛋液夹入口中后忍不住发出惊叹声。

军鸡肉中的酱油味和鸡蛋液的滑润感此时在他嘴里交融。

“简直就是味之千两箱[1]……”他已经彻底沉醉了。

“刀弥大人说了很棒的话呢！”

“喵！”

感觉已经好久没有被人称赞过了，虽然统子和黑助实际称赞的是“小铁”的军鸡锅和鸡蛋。

“我要把军鸡肉放到米饭里，再淋上鸡蛋液一起吃！”

“喵！”

“能帮我往军鸡锅里加点乌冬面吗？”

众人仿佛已经将光溜溜骚动抛在脑后，尽情享用着军鸡锅。

当然了，实际情况肯定是不可能忘记的。只是阿园和统子虽然变成了光头，但本人并不太介意，所以刀弥的神经也没有非常紧绷。而夜之介作为妖怪改方长官至今不见踪影。

---

1. 千两箱，用来形容放满金币的箱子。

“夜之介大人再不来，鸡蛋就要被吃光光了。”

“喵。”

“他一定会后悔的。”

稻亭的几位其乐融融。

就在这时，有新的客人走进了“小铁”。

“打扰咯。”

是两个男人。

“这个时间居然还有其他客人来呢。”

“军鸡锅做得这么好吃当然会有客人来了。”

统子跟阿园一唱一和。而刀弥的目光始终没有从这两个人身上离开，他有不好的预感。

“喵。”黑助也警觉地叫了一声。

其中一个人是白发苍苍的老头，另一个则怎么看都像是个流氓，身上散发着危险的气息。

“欢迎光临。”

不知道是不是由于长期在本所生活早已习惯了恶徒出没，阿优的声音依然很温柔，就像稻亭的人早已习惯了妖怪。

“麻烦来点个菜。”看着像流氓的男人对阿优说道。

像这种急性子的客人还不少，还没坐下就要点菜了。在稻亭也是，一进门就开始点菜的客人绝不少见，甚至有店里的人还没来得及说声“欢迎光临”就要点菜的客人。

正因如此，阿优依然和颜悦色地答应道：“好的，您请说。不过现在只有军鸡锅能马上准备好。”

毕竟是家军鸡锅店，这是理所应当的。

“军鸡锅先不着急。”

“那么是要先上酒吗？”

哪里都不缺大白天就开始喝酒的人。

然而也不是。

“酒也先不用。”

“欸？”

见阿优那困惑的样子，像流氓的男人坏笑道：“先点个小五郎。”

“父亲……吗？”

“没错。我们找‘大泷的小五郎’有事，告诉他是‘野槌万吉’和‘巢鸭的彦十’找他就行了。军鸡锅跟酒之后再说。”

“还真是会挑时候……”刀弥小声念道。

这个男人说出这几个名字后他就明白了。

“野槌万吉”“巢鸭的彦十”，还有“大泷的小五郎”。

无论哪个都是相当有名的盗贼。

刀弥作为妖怪改方同心[1]的职责虽然是捉拿坏妖怪，但对有名的坏人也相当熟悉。

不过，这三个人按理说并不是同伙，因为他们作为盗贼的性质不一样。“巢鸭的彦十”和“大泷的小五郎”都是正统派的盗贼，备受老百姓的爱戴。然而，他们都金盆洗手有十年以上，早已被世人忘记，甚至有不少人认为他们已经死了。

阿优的父亲是赫赫有名的“大泷的小五郎”这点确实令人惊讶，但刀弥最在意的是这个“野槌万吉”。这个人穷凶极恶，雇用些没有营生的浪人去劫持店面且不留活口是他的一贯作风。他在江户接连犯案，已经杀了不下几十人。

捉拿盗贼虽然不是妖怪改方的工作，但也绝不能放着眼前的逃犯不管。刀弥无法饶恕这个连女人和孩子都不放过的万吉。

他放下筷子正想要站起来，没想到“野槌万吉”极为机警。

“哟，别动。”

万吉立马察觉到刀弥的动作，迅速抓住了阿优，将一把匕首架在她脖子上。

“你敢轻举妄动我就杀了这女的！”

万吉的声音响彻整个店里。

---

1. 同心，跟与力一样是江户时代捕快的称谓。与力比同心要高一级。

“喂，万吉……”

虽然彦十一脸困惑，但万吉的目光一动不动，紧紧盯着刀弥。

万吉手上的匕首反射出光来，他继续威胁道：“外面已经被我的手下包围了，全都是一群杀人不眨眼的家伙。你们要是敢动歪脑筋，可别想走出这个店门！”

刀弥咂了咂嘴。店周围确实有其他人的气息。

他之前放松了警惕，完全没有察觉到。而且他不大习惯把人类作为对手，面对阿优被挟持的情况就更加没辙了，早知道就该把刀鬼硬拽出来。

没辙的不是只有刀弥。

“现在也唤不了雷呢。”

“喵……”

统子和黑助嘀咕道。

黑助乃是雷兽。只要它想，甚至有可能唤出能将江户城夷为平地的雷。不过这需要它朝着天空中喊一声“喵”。

然而店里的门正关着，并且似乎由于刚刚一直下小雨的缘故窗户也关着。在看不到天空的地方再怎么喊也不会有雷落下来，只会令自己看上去是只烦人的猫罢了。现在不能指望黑助的妖力。

“不想被杀光的话就乖乖照我说的做。”万吉放话道。

“适可而止吧。”

从厨房中传来一个粗犷的声音。

一身料理人装扮的小五郎走了出来。

“你总算现身了，‘大泷的小五郎’。”

万吉一脸满足地笑了起来。

— * — * — * — * — * —

里村峰太郎来到“小铁”附近。

自从自己是改方成员一事被小五郎揭穿以来，他再也没有与阿优见过面。虽然其间徘徊到“小铁”附近多次，但一次也没有走进过店里，因为他觉得自己不配见阿优。

峰太郎感到十分迷茫。

“果然跟盗贼的女儿交往是行不通的啊……”

这句话不知在他脑海中冒出了多少次。

在知道这是“大泷的小五郎”开的店的前提下伪装成浪人，逐渐成为常客。要说他骗了人，那确实是骗了人。虽然不是想为自己狡辩，但作为改方的官吏乔装成浪人在江户巡逻或打探情报是很常见的事情。

“去观察一下‘小铁’的情况。”

当初是长官这么命令他的。

盗贼开店这种事情在江户并不稀奇，如果是老老实实地在做正经营生，改方自然不会出手。

经过一段时间观察，小五郎确实在正经地做着军鸡锅生意，而且他做的军鸡锅好吃到峰太郎险些忘记了自己的任务是什么。

不久后，峰太郎发现这个活儿相当轻松，很快就以休息的心态在“小铁”出入了。

然而轻松的活儿有个陷阱在等待着他。

“居然喜欢上了盗贼的女儿……”

这件事说出来连自己都不大敢相信。不过随着光顾“小铁”次数的增加，他发现自己确实喜欢上了阿优。

“唉，这身份绝对不会被允许的。”

改方的官吏和盗贼的女儿，说是水火不容的身份也不为过，这比武士和平民女性之间的差异还要巨大。而且峰太郎的身份还被识破了，这件事他也如实汇报给了长官。

长官倒是没有说什么，不过这么一来，峰太郎只有两种选择：要么断了跟阿优在一起的念头，要么辞去改方之职。

换作是往常的话，峰太郎肯定不会苦恼，二话不说跟女方分手。然而这一回他皱起了眉头来。

“真是伤脑筋啊……”

他放不下阿优。虽然两人不过是一起清扫了稻荷神社，但峰太郎甚至已经产生了想要迎娶阿优的念头。这段时间以来不管是睡着还是醒着，峰太郎的脑海中都是阿优的样子，这就是所谓的相思病吧。

“如果要跟阿优结为夫妻，不仅是小五郎不会放过我，还得丢掉饭碗……”峰太郎自言自语地烦恼着。

要得到小五郎许可肯定不简单，然而最大的问题果然还是丢掉饭碗。

“没工作的话就养不起阿优了……”

想结婚就要对其人生负责，峰太郎可不想让阿优饿肚子。

峰太郎没有任何可以依靠的亲人，也没有积蓄。

“町奉行所是显露身手的地方，改方则是讨饭吃的地方。”

在武士之间流传着这么一句话：当改方的官吏挣不了太多钱，有时候还得自掏腰包。

像峰太郎这种年轻的同心是不可能有什么积蓄的。如果辞了改方另谋出路，这年纪再当商人或职人[1]啥的有点为时已晚，自己的身手也不足以靠剑术赚钱。总之，峰太郎如果不当改方的话，恐怕连吃饭都成问题。

---

1. 职人，泛指精通某种技术的手艺人。

现在他去“小铁”也不是，回改方也不是。平时峰太郎并不会如此犹豫不定，但眼下的状况实在令人难以决断。于是他只好在回向院附近的“鬼稻荷”和“小铁”之间不断徘徊。

附近的居民跟野猫看到峰太郎这样子一定觉得很奇怪，但他停不下脚步，也没有心思去在意旁人的眼光。

“伤脑筋啊……伤脑筋啊……”

就在他这么来回走的时候，可疑的身影映入了眼帘。十几个腰间别着刀的浪人包围了“小铁”店面。

“这些家伙是……”

峰太郎脸色为之一变，其中似乎有熟悉的面孔。

“那不是‘野槌万吉’的手下吗？”

“没错。”一个粗犷的声音回答了峰太郎的自言自语。

“嗯？”峰太郎看到声音主人的那一刻，不禁端正了姿势。

“长……长官……您为什么在这里？”

“别紧张，我只是来吃军鸡锅的。”

一张鬼面咧嘴笑了起来。

— * — * — * — * — * —

“小铁”店里，刀弥一直在等待可乘之机。

然而万吉并没有给他任何机会，他的手上有阿优作为人质，正在跟小五郎对峙着。

不愧是有名的前大盗贼，小五郎十分冷静，面对劫持了自己女儿还拿着武器的万吉也没有慌了阵脚。

“你是想要钱吗？”

他问万吉这句话时眉毛都没有动一下。

万吉则再次露出他那招牌式的无耻笑容。

“钱自然得收下了。”

“怎么说？”

“你隐退的时候肯定已经存了不少钱吧？全部给我拿出来。”

“那种钱我一分都没有。”小五郎回答道。

他应该没有在说谎，像他这样正统派的盗贼通常会将偷来的钱全部分给手下。只有万吉这种恶贼才会独吞钱财。

然而万吉并不信。

“不交出来也没事，我有办法。”

万吉咂了下嘴，对“巢鸭的彦十”下令道：“快去找找钱藏在哪儿，按理说应该有一二百两银子。”

一二百两已经是一笔很大的钱了。

“万吉，这种事还是适可而止吧。”

彦十似乎没有乖乖听话的意思，这么劝告他。

彦十现在确实十分落魄，但以前好歹也是正统派的盗贼，自然不会认可万吉的这种做法。他现在一脸阴沉。

“你在说什么呢？听不懂我的话是吧？”

“倒也不是……”

“哼，真是派不上用场。想着说应该能帮我找到钱才带上你的，没想到是个死脑筋的老东西。”

万吉似乎认定小五郎藏着钱，才带了这么个传说中的大盗贼过来。不得不说这个恶人考虑得倒还挺周到。

“算了，也没完全指望你能真的派上用场。喂，外头的！都进来！”

万吉朝着外面大喊完，就听到从店门口传来了一些声音，看来他说有手下包围了这家店并不是撒谎。

“你小子……究竟想干吗？”

“喂喂，别乱动啊，小五郎。”

万吉将手上的匕首使了点劲，阿优的脸色看上去十分不妙。

“爸……爸爸……”阿优向小五郎求助，却被万吉呵斥道：“谁让你说话了！”

“别对女孩子出手！”

从小五郎的语气可以听出来他依然在抑制着自己的冲动。要不是女儿在万吉手上一定会狠狠揍他一顿，但现在的情况什么也做不了。

万吉冷笑着说："我可没答应过你。"

"什么意思？你想杀了我女儿吗？"

小五郎的声音变得嘶哑。

"正是如此。"

万吉承认了。

"不过，要去另一个世界的可不只你女儿，你们所有人都得死！"

简直跟他向来的作风如出一辙，雇用些没有营生的浪人，不留活口。看来他连刀弥、阿园和统子也不打算放过。

可恶。

刀弥就算在心里面咒骂也无济于事，他决定豁出去袭击万吉。

就在这时，"砰"的一声，店门被打开了。

一个虎背熊腰、留着大胡子的浪人出现在众人眼前。这个男人毫无疑问是万吉的手下，从他身上可以闻到血的味道，估计已经经手过不少条人命。

"你怎么这么慢？磨蹭什么呢？"万吉埋怨道。

只有他一个人的情况就已经够不好对付的了，这下子又来个同伙，估计没有丝毫胜算的把握了。

刀弥等人的命运已经是风中摇曳的灯火。

“现在可不是磨蹭的时候，别让我费心！”

“真是不好意思。”

“喵？”

黑助的耳朵动了一下。刀弥的耳朵应该也是同样反应。这男的嘴巴明明没在动，却传来一个耳熟的声音。

“似乎从地狱里来了救兵——不，应该说是来了厉鬼。”

“没错！是夜之介大人！”阿园和统子说道。

刚刚众人听到的声音正是夜之介。

“你……不是熊？究竟是什么人？！”

就在万吉怒喝之时，“砰”的一声，大胡子男人像个提线木偶一样应声倒下。

“没有意识了。”

“似乎被狠狠揍了一顿，都翻白眼了。”

“喵。”

提着大胡子浪人身上的“线”的，是两个男人，他们冲进了“小铁”。

“‘野槌万吉’，你被逮捕了！快乖乖就范！”

说这番话的并不是夜之介。

夜之介确实来了，但打头阵的是另一个男人。他一头白发，眉间有深深的皱纹，死死地盯着万吉。夜之介则没打算要动手的样子，站在那个男人背后。白发男人身上散发的威严甚至在夜之介之上。

“你……你是……”

彦十和小五郎瞬间面如土色。

“出现了。”万吉咂嘴道。

凡是当盗贼的，没有谁不认识这个白发男人的，包括刀弥也知道他是谁。不止如此，整个江户估计没有人不认识他。

“是火付盗贼改方的长谷川大人！”

“喵！”

统子和黑助四眼放光。

— * — * — * — * — * —

长谷川宣雄，也是后来闻名于世的火付盗贼改方长官“鬼之平藏”[1]——长谷川宣以的父亲。长谷川宣雄的名气后来虽然没有他儿子那么大，但也是一个相当优秀的官吏。他曾缉拿过许多恶党，甚至还抓住了江户三大大火之一——明和大火的纵火犯，也因此晋升去了京都的西町奉行所。不过有传闻说他身体

---

1. 鬼之平藏，长谷川平藏是一个代代相传的别名。“鬼之平藏”特指长谷川宣以，幼名铁三郎，是日本知名时代小说系列《鬼平犯科帐》的主角。

状况已大不如前。

此外，长谷川宣雄去了京都之后，火盗改方的新长官由其得意门生担任。即使现在身处京都西町奉行所，他也非常受火付盗贼改方成员们的尊重，名号如雷贯耳。

“他就是在‘理想男上司排行榜’中拿下大关[1]位置的人呢。”

“喵。”

江户人特别喜欢凡事都排个座次。不光歌舞伎演员和相扑力士有排行榜，还有“美食排行榜”“温泉排行榜”“好老婆排行榜”等。

而给理想上司进行排名的，便是“理想男上司排行榜”。江户时还没有横纲这个级别，大关是最高的。

排行榜中除了长谷川宣雄之外还有夜之介跟善鬼的名字。当然了，刀弥并不在其中。不过不知道为什么出现了阿园的名字，似乎是由于妖怪们的强烈支持。

“我明明不是男的。”阿园当时苦笑着说。

“妈妈是‘汉’[2]，所以登上去也没关系。”

“喵。”

---

1. 大关，当时相扑力士的最高级称号。

2. 汉，这里的“汉”跟“男”读音一样为“おとこ”，一般形容具有男子气概的男性，也可以用来形容女性。

女儿跟“家猫”的说法似乎有一定道理。

话回到当下。

传说中的长谷川宣雄跟夜之介一起来到了“野槌万吉”一伙聚集的“小铁”。

“乖乖就范，万吉！”长谷川宣雄对眼前的恶贼说道。

他的目光极为锐利，此时若是胆小之人面对他估计已经吓得开始发抖了吧。黑助就躲到了阿园和统子身后去。

然而万吉跟刚刚并没有不同，脸上依然挂着轻蔑的笑容。他看到长谷川宣雄出现时虽然咂了下嘴，但不像彦十那样惊慌失措。

“现在可不是笑的时候啊，万吉。”彦十说道。然而万吉依然在笑。

“慌什么，没事。”

“这还不算事……”

“长谷川已经不是火付盗贼改方的长官了。他现在充其量是个京都的官吏，可没法使唤改方的人。”

不得不说万吉对官吏的事情还挺了解的，奉行所的人是不能调用火付盗贼改方的人手的。

“你看仔细了，对方就只有他们两个……不对，三个，后边还有一个。”

又有一个年轻男子出现在了“小铁”。

“里村大人……”阿优发出微弱的声音。那个男人看来是火付盗贼改方的官吏，名为里村峰太郎。那张脸的神情给人感觉像只兔子，看起来比刀弥还靠不住。老实说他现在出现在这儿也派不上什么用场。

“不过既然官吏已经找上门来，就不能慢慢吞吞的了。”万吉自言自语一番后，大声喊道，“敢靠近的话我就杀了她！统统给我让开！”

说着就准备带上阿优离开“小铁”。

刀弥一直都没有放弃寻找出手的机会，但始终没有办法。匕首可一直都紧紧地架在阿优的脖子上，稍微轻举妄动就有可能万劫不复。长谷川宣雄跟夜之介也只能原地站着。

再不做点什么的话，阿优可就要被带走了，一旦被带出这个门，谁都没有办法保证她的生命安全了。对方是万吉的话，下杀手都有可能。

这样下去不是办法，即使送上自己的性命也必须阻止万吉。

“放开阿优！”

里村峰太郎推开长谷川宣雄和夜之介，冲了过去。

“太乱来了……”刀弥说道。

想救自己心爱之人的心情可以理解，但眼前的可不是他能从正面突破的对手，而是令夜之介和刀弥都不敢轻举妄动的万吉啊！

更何况，峰太郎跟万吉之间的距离根本就不足以打个出其不意。

“峰太郎，快停下！”长谷川宣雄命令道。但峰太郎并没有听从。

男人果然都是能为心上人豁出性命的生物。虽然时机不大恰当，但刀弥脑海中浮现出一个女人的背影。

这女人挥起刀来干净利落。明明已经有统子这个未婚妻，刀弥却似乎喜欢上了其他女人。

且不说这种事是不是对统子的背叛，刀弥跟这女人之间身份的差距比峰太郎和阿优还要悬殊。

自己究竟该如何是好呢？

刀弥眉头紧皱之时，峰太郎已经来到了万吉面前。

“真是个蠢货。”

万吉得意地笑着，将匕首从阿优的脖子上拿开。他这样并不是打算放了阿优，而是要杀掉峰太郎。

峰太郎现在是两手空空的状态，甚至连把刀都没拿。

“会被杀掉的！”

“喵！”

统子和黑助同时发出喊叫声时，意想不到的人物出现了。

“咻……”一个长长的脖子从长谷川宣雄和夜之介的背后伸了出来。

“好像发生了十分不妙的事情呢。”

现身的便是那不识趣的见越入道。看到是他之后，在场的所有人都大失所望。如果来的是刀鬼或落武者，哪怕是鬼火，那估计什么事都解决了。

“居然来了个全世界最派不上用场的妖怪。”

“喵。”

统子少有地刻薄了一次，黑助也使劲点头赞同。虽然事实正如她所说，但在大人听来还是有点不对。

“小孩子不能这样讲话。”阿园一边教育女儿，一边轻轻敲了下黑助的头。

“呜，对不起……”

“喵……”

统子乖乖地道了歉，黑助则是一边反省一边泪珠打转。

“世界上没有谁是派不上任何用场的，这点不管是妖怪还是人类都一样。”

家教自然很重要，但现在并不是说教的时候，眼下万吉正拿着匕首朝峰太郎挥过去。

“停下！”

正要冲出去帮峰太郎一把的刀弥被阿园制止住了。

“已经不用过去了。”

“啊？”

“万吉已经输了，你看看那年轻人身后。”

“身后？”

刀弥看过去，只见峰太郎背上吸附着一团黑色毛球。

是妖怪软软。

就在众人为见越入道的到来感到失望以及阿园说教统子和黑助时，它悄无声息地跳到了峰太郎的背上。

然而软软是个几乎没力量的妖怪，就算附在峰太郎背后估计也帮不上什么忙。

不对，软软并非帮不上任何忙，正如阿园所说，它可以帮上大忙！

“软软，那个人就是里村峰太郎！”

听到见越入道的话，软软跃身空中。

“嘆可！”

下一瞬间，里村峰太郎的头发“啪”地一下掉光了，一根也没剩，成了个完美的光头。

连身为妖怪改方成员的刀弥看到这景象都吓了一跳，更别说万吉这种从没跟妖怪打过交道的盗贼了。

“怎么回事？！”

万吉瞪大了眼睛。

这下子万吉已经注定失败了，虽然其本人并没有意识到自己的失败。跟妖怪交手可随时都是千钧一发的状态。

“嗼可可！”

“浑蛋！”

头发掉进了万吉的眼睛里，他一瞬间就失去了视野。

峰太郎自然不会放过这个机会。

“阿优，快过来！”

他将万吉撞开，把阿优搂到了怀里。

“里村大人……”

阿优抱住峰太郎。

“我再也不会离开你了……”

“我也是……”

两人紧紧拥抱在一起。

“太好了！”

“嗼可！”

见越入道和软软已经开始感动了起来，然而万吉可还没有被打败。

“危险！”

“喵！”

统子和黑助大喊道。

只是撞一下根本不足以击倒一个人，更何况对方是万吉这种老奸巨猾的恶贼。

“还有两下子嘛。”

万吉很快就恢复过来，对着峰太郎和阿优举起了匕首。

“老子杀了你们！”

“要杀就杀我！”

峰太郎挡在阿优身前。

“呵，挺有胆识！那就让你先走一步吧！”

万吉拿着匕首对着峰太郎挥了过去。

“住手……快住手！”小五郎大声喊道，但万吉完全没有要停下来的意思。此时就算刀弥、夜之介或长谷川宣雄想要帮忙也无济于事，他们离得太远了。见越入道和软软则是在一旁发呆。

在刀弥看来，现在已经没有人能救得了峰太郎了。峰太郎和阿优正面临着空前的危机。

“受死吧！”

匕首已经来到峰太郎胸前。

就在这时，响起一个令人意想不到的声音。

“受死的是你才对！”

这个人的声音应该是头一回听到。

“咻……”传来空气被划破的声音。

一个尖锐的物体从刀弥面前飞了过去。

“呜……”

一把匕首刺进“野槌万吉”的右肩，这便是那尖锐物体的真面目。匕首上刻着三藤巴家纹。

扔出这把匕首的是一直坐在“小铁”角落里吃军鸡锅的浪人模样的年轻男子。下手之快可谓是迅雷不及掩耳之势。他肯定不是一般人，刀弥不禁暗中佩服。

年轻浪人不紧不慢地站起身来，对万吉说道：“哼，居然没击中要害。不过即便如此你的右手也已经动不了了，乖乖束手就擒吧！”

他的声音听起来相当有威严。

“你以为这样就能抓住我吗？！”

万吉迅速翻个身撞破窗户跳了出去。不愧是盗贼，逃跑也很有一套。

万吉步伐极快，背影在众人的视野中迅速缩小。局势好不容易得到逆转，却眼看着又要让他给跑掉了。

“铁三郎，追上去！”

长谷川宣雄命令年轻浪人。此时如果仔细看，会发现两人的脸长得十分相似，似乎已经不难猜出这年轻浪人的身份了。

“不，没必要追。”

说这话的是顶着光溜溜脑袋的阿园。她身上有着即使是跟夜之介和长谷川宣雄相比也毫不逊色的气势，真不愧是“汉”。

“没错，不用追。”

跟着点头的是脑袋同样光溜溜的统子。虽然不及阿园，但她也十分沉着冷静。

“怎么说？”

年轻浪人——也就是长谷川宣雄所谓的铁三郎一脸不解。不过不用等二人解释，黑助已经屁颠屁颠地跑到被万吉撞破的窗户旁探出头去。

刀弥和夜之介非常清楚黑助想要干什么。

“我突然有点可怜万吉了。”

“我也是。”

两位妖怪改方说完，黑助便朝着空中叫了一声：“喵！！！”

“小铁”外面的空中突然聚集起了乌云，“轰隆……”一道细小的雷落了下来，正中万吉。

“呜哇！”

万吉发出了撕心裂肺的惨叫声，浑身顿时变得漆黑，之后便像根树木似的戳着一动不动。

“刚刚的……是怎么一回事？”长谷川宣雄不由得发出疑问，他看上去受到了不小的惊吓。

“是雷哦。”统子回答他。

“我知道是雷……不过，猫居然还能唤出雷来？”

“黑助大人不是猫，是雷兽！”

“这样吗……”

长谷川宣雄点了点头。并不是疑问得到解决，而是想不出其他反应了，这种心情其实令人十分理解。

“万吉还活着吗？”

问这句话的是年轻浪人——铁三郎。

“应该……还活着……但愿他还活着……”统子模棱两可地回答。长得像黑猫的雷兽则回答道：“喵！”

黑助屁颠屁颠地跑到万吉身边。

“喵？”

黑助歪下头，用右前脚碰了一下万吉。

“野槌万吉”被这只小小的猫一碰，“砰”地倒在了地上。

只见万吉的身体在不断抽搐。

“还好好地活着呢。”统子这才保证道。

要说好好地活着，恐怕是没有那么好。虽然还留着一口气，但已经完全不省人事了，可以说是半死不活的状态。

“看起来好痛啊。”

铁三郎露出一脸疼痛的表情。毫无疑问，这一定非常痛。

峰太郎和阿优则依然忘我地拥抱在一起。

“里村大人……”

“阿优……”

这么腻歪实在让人有点受不了，但当事人似乎已经完全沉醉在了幸福之中。

“虽然还没搞清楚发生了什么，但事情看起来发展得还挺顺利的。”见越入道说。

你这家伙明明什么都没干。

“不过我也是……”刀弥叹气道。自己这回同样没派上任何用场，相比见越入道没好到哪里去，最终还是靠那年轻浪人。

不对，并不是浪人。

即使是刀弥这么迟钝的人也已经反应过来年轻男子的真实身份是什么了。

“他就是‘本所之铁’吗？”

“似乎是呢。”阿园悠闲地回答道。想必在本所深川土生土长的阿园从一开始就已经注意到了。

真人虽然是第一次见到，但传闻早已听过不少。相传“本所之铁”看上去就像个流氓头头儿，却就连在当地有权有势之人也自认逊色。这一两年里都没有他的消息，有传闻说他是被抓去坐牢了，但实际并非如此，他只是跟随自己的父亲去了京都。

“铁三郎，干得不错。”

长谷川宣雄对铁三郎——即之后世人更熟悉的长谷川平藏称赞道。没错，“本所之铁”正是长谷川家的长子。不过他现在还不是火付盗贼改方成员，估计只是受长谷川宣雄命令来到“小铁”的。

“我不过是来吃军鸡锅顺便喝酒罢了，父亲。”

铁三郎狡黠地笑了起来。

这便是妖怪盗贼改方与之后被称为鬼之平藏——“鬼平”的男人的第一次相遇。

— * — * — * — * — * —

虽然一切可以说进展得相当顺利，但还有个问题没解决——软软开始失控了。

“嗼可！”

其实之前里村峰太郎由于拒绝跟阿优分开而被火付盗贼改

方开除了，这便是那个问题。

“盗贼的女儿跟火付盗贼改方的官吏在一起确实不合适。”

长谷川宣雄说得没有错，但软软并不认同。

“你以为我们是为了什么才费这么大的劲？还不是为了让这两个人能重新在一起！”

连见越入道也开始发火了。

“不听我的话就把你们变成光头哦！”

这话还真是不讲道理，而且软软似乎当真了。

“嘆可！”

软软大叫了一声，一蹦一跳，它的声音令人听着相当难受。

紧接着，悲剧发生了。

“嘆可！”

最先掉落的是一堆白色头发。

“喂……喂……”

小五郎和彦十同时摸了摸头上。掉落的头发正是他们的，两人的脑袋已经变得一根毛都没有了。

这两个人——尤其是彦十，明明什么都没做，却还是遭受了软软的无差别攻击。

“喂，软软！”

软软已经失去了理智，对着睁大双眼的见越入道也喊道：

“嗅可！”

“不……不要啊！”

见越入道的脑袋一瞬间失去为数不多的几根头发，变成了“光溜溜入道”。

“我的头发……”

见越入道不舍地捡起头发来，然而即使把所有头发都捡起来也无济于事。

小五郎和彦十，还有见越入道，加上统子和阿园，这下子在场的光头可真不少。

“这还真是有趣啊！”铁三郎笑了起来。他看上去完全没有要阻止软软的意思。

变成光头确实没有多大坏处，但就这么放任不管的话可不行，否则不久之后江户所有人都变成光头了。

刀弥可不想变成光头。本来就没什么存在感，要是连头发都丢掉，不得更不被人放在眼里了。

“刀弥，让它见识一下妖怪改方的厉害吧！”

夜之介这时候却偏偏命令他去抓软软。

“让我们看看你的本事吧！”

“刀弥大人，加油！”

“喵！”

稻亭母女俩以及“猫”也不嫌事大地为他加油。

“我也一直想看看妖怪改方的同心大显身手的样子。”

就连长谷川宣雄也这么说。不过他这应该是心里话。

“如果能见识一下捉拿妖怪的样子，今天就没有遗憾了。”铁三郎也附和道。

饶了我吧。

刀弥虽是妖怪改方的同心，但今天并没有带上妖刀村雨。刀鬼也不在身边，还没有其他同心支援他，只能徒手去抓软软。

然而他不能违抗夜之介的命令。此外他还不能违抗阿园和统子，黑助倒是无所谓。

“可恶！”

刀弥只好咬咬牙朝软软跑了过去。他对自己的速度非常有信心，要追上软软简直不在话下。

“快住手吧！”

对这么弱小的妖怪动粗可不大好，刀弥还是希望能和平解决问题。

“就算你把所有人变成光头，问题也不会得到解决的！”

“嗼可？”

“把人变成光头是不对的！”

“嗼可嗼可？”

看样子是在对牛弹琴。

“好了好了，乖，快来我这里吧。”说着就伸出手去。

“嘆可！”

软软只是发出这无情的叫声。冰冷的空气从刀弥头上划过，脑袋传来一阵凉意。

下一个瞬间，刀弥的头发“啪”地一下掉光了，脑袋变得极为光滑，一根头发都没留下。

看到这景象，稻亭的几位发表起意见来。

“刀弥大人的头发也掉光了呢。”

“喵。”

“没头发之后看上去似乎没有那么英俊了。”

“稍微变丑了一些呢。”

“喵。”

统子和阿园以及黑助的话深深刺痛了刀弥脆弱的心灵。本来就只有外表那么一个优点，这下似乎也没了。

“原来一直以来都不是真正的美男子呢。”

“喵。”

统子今天说起话来还真是有点刻薄。

“别伤心，其实也没有太丑。”

只有见越入道这么安慰他。

这个意外让刀弥感觉自己的膝盖骨仿佛碎了一样，从此再也没办法站起来。这个世界实在是太无情了。

“看来只能由我亲自出马了。”

早乙女夜之介代替无法站起来的刀弥来到软软面前。

“嗼可？”

软软十分警觉，虽然夜之介并没有佩刀。他对这个能将人变成光头的妖怪说道：“你还要继续胡来吗？”

语气平和得让人难以相信这是从一个被称为厉鬼的男人口中说出来的。

这仿佛佛祖一样的语气，简直像极了妖怪改方的前任长官笕三十郎。估计是由于上了年纪之后人也变得平和了。

然而转念一想，夜之介被称为厉鬼其实都是因为那张脸，他说话原本就是给人比较沉稳的感觉。

“嚯……”

长谷川宣雄佩服起夜之介这细腻又不失威严的样子来。

然而软软实在过于亢奋，估计无论谁现在在它眼里都是敌人。

就在这时，有个男人冲进“小铁”。

“总算赶上了！”

是仁科。

他不断喘着粗气，并且脑袋上没有一根头发，看来应该已经遭受过软软的攻击了。

“什……什么？这是怎么一回事？！居然连刀弥都变成光头了？没了头发整张脸看起来就好普通啊。”

刀弥的心碎得更彻底了。干脆还是出家算了，尘世间吹的风过于寒冷。

软软不理会失落的刀弥，朝着仁科释放自己的妖力。

“嘆可！”

对已经成为光头的仁科来说，软软的妖力应该已经不管用了吧。

刀弥这么想着，但事实证明他还是太天真了。

仁科的眉毛“啪”地一下掉光了。

“这下连眉毛都没有了……”

“喵……”

这可真是太惨了……

刀弥用手遮住了自己的眉毛，要是连眉毛都丢掉，可连出家都不行了。

夜之介也不管被吓得要命的刀弥，对软软呵斥道：“你还真是没完没了了！”

然而软软完全听不进去，而是对着夜之介再次加大自己的嗓音叫道：

“嘆可！”

夜之介的头发“啪”地一下掉光了。一根不剩，干净利落。

果然就算是夜之介也没办法对付软软的妖力。

“头发又掉光了呢！”

同样没头发的统子在一旁说着风凉话，不过话还没说完。

“夜之介大人即使变成光头也很帅呢。”

“喵。”

确实是这么一回事。

虽然依旧是张厉鬼一样的脸，但却意外挺适合光头的，感觉更有个性了。

“如果是女人就没办法有这种效果了。”

阿园的话在刀弥的伤口上又撒了把盐。他一直以来都没有办法在任何地方胜过夜之介这个假想敌。虽然其实不管把谁作为假想敌，他似乎总处于下风，但今天感觉自己甚至输给了仁科。

不过夜之介完全不当回事。他将软软抓起来，恶狠狠地盯着它，说：“连变光头都怕，还怎么当妖怪改方！”

“对……对不起。”

刀弥不禁道起歉来。

— * — * — * — * — * —

由于在店里引起巨大骚动，且小五郎曾是盗贼一事被众人所知，几天之后“小铁”撤下了暖帘。

现在这里已经人去楼空，小五郎和阿优都没了身影。常客们虽然会觉得寂寞，但相信过段时间就好了。

两个高大的身影站在店门口。

“人类这种生物还真是不自由啊！”

说话的是长着长脖子的见越入道，他看着这没了招牌的“小铁”，不禁有些伤感。

“说实话都是你的错嚯。”生剥拆台说。

两个身影正是见越入道和生剥。

“我可没想到会闹得这么大，连店都搞关门了。毕竟世事难料嘛。”

见越入道伸着长长的脖子感叹世间的无常，但生剥并不给他台阶下。

“不要把锅甩给这个世界嚯。我再说一遍，说实话这都是你的错嚯。”

这次台拆得更彻底了。

“你还是好好反省吧嚯。”

虽然将这一切都归结为见越入道的错确实有点过分，但他跟软软在这儿大闹一番引起了骚动却是事实。

拜他所赐，这件事情甚至被登载到瓦版[1]上，导致小五郎的身份暴露，可想而知这个消息一出来有多么轰动。而且软软之后也不知道去了哪里，即使是见越入道也知道自己做了很不好的事情。

“我错了行吧。我这不是反省得头发都掉光了吗？”见越入道反驳道。

然而知道事情经过的生剥可不吃这套。

“你那头发明明就是被软软弄没的嚯。”

生剥并不接受见越入道的认错，继续拆台。

“如果认错就能解决的话，那还要妖怪改方干吗嚯。”

简直是穷追不舍。见越入道原本就不喜欢生剥，这下子更讨厌了。简直死脑筋得都让人无法相信他是个妖怪了，这家伙面具下其实是个人类吧？见越入道这么想着。

“妖怪改方什么的本来就不需要。”

居然说出来了。虽然只是为了发泄，但这是他的真心话。

抛开他们的谈话讲，见越入道一直都看不惯妖怪改方——

1. 瓦版，江户时期的单面新闻印刷品。

特别是夜之介。

“人类都太无情了。”

在小五郎和阿优，还有软软，甚至里村峰太郎不知去向之后，见越入道一度以为他们肯定被稻亭雇去了。毕竟稻亭有那么多七七八八的家伙——河童、落武者、鬼火、狸猫怪甚至谜一样的外国人。只要夜之介费点口舌，稻亭应该就愿意雇用他们。

然而并没有。

“没被拜托雇用他们呢。”

“喵。”

“而且我们也雇不了那么多人。”

“喵。”

稻亭的小女孩跟像猫一样的某种生物这么对见越入道说。

“雇了他们事情不就能圆满解决了吗？”

见越入道干等着别人来收拾所有烂摊子了。

“谁都雇的话，店就得破产了嚯，雇人可是要给钱的嚯。”生剥不客气地说道。确实，对人类来说要想生活下去钱是不可或缺的。

“钱什么的妖怪改方来出不就好了？”

“说实话这是不可能的嚯。”

“哼，那看来夜之介也没什么了不起的。”见越入道不屑地说。

这下子妖怪们也该知道这夜之介是靠不住的吧。结果只有自己真正帮到了软软的忙，看来这妖怪町内会会长的位置一时半会儿不用担心被他抢走。自己的敌人就剩生剥一个了，只要干掉他，会长的位置就能保住。

如果有必要，见越入道甚至考虑现在就把他扼杀掉，以免留下后患。不对，理应马上这么做。

而且生剥这会儿正注视着没有任何人的“小铁”。

“就这么空着太浪费了嚯，干脆让妖怪町内会把这儿买下来开家店嚯。”

说得就好像他才是妖怪町内会的领头人。

“参考稻亭的样子来开家店好了嚯，反正好多妖怪整天都闲着没事干嚯。”

这个想法应该是行得通的。而且这么一来，妖怪们就会更支持生剥了。见越入道脑海中已经浮现出自己的会长宝座被他夺走的情景。

果然只能下手了。让这家伙继续活下去的话，自己的位置就危险了。

“去死吧！”

见越入道对着生剥猛扑了过去。

— * — * — * — * — * —

见越入道生平还是头一次坐牢。

“居然被抓起来了……”

见越入道呆坐在牢房里面，意志消沉。由于脖子太长，垂头丧气时头顶都快碰到地板了。

他被关在位于妖怪改方宅邸地下的牢房里。这里被称作“妖怪牢”。妖怪牢的铁栏上贴着伊势神宫的符纸，被关在里面会变得使不出妖力。此外紧挨着牢房的出口处有个强悍的老剑士在时刻看守。

“一旦发现你想逃跑我就会直接斩杀你。”他这么威胁见越入道。感觉最近的人类都比妖怪要危险，比如这个老剑士和夜之介。

见越入道对老剑士保证道：“我绝不会逃跑的！”

于是就这么老实地待在牢房里。

妖怪牢这地方实在是令人感到孤单。牢房虽然有好几个，但现在除了见越入道没有其他犯人。

“再怎么也不至于把我关到这里吧……”

见越入道说着把头垂得更低了。

当时的情况是这样的：见越入道在“小铁”前偷袭了生剥。他想要除掉这个盯着妖怪町内会会长之位的“坏妖怪”。生剥并没有留意见越入道，浑身都是破绽，他便乘机猛击了一下生剥的脑袋。

“是我赢了！”见越入道自信满满地喊道。

如果是百年前，这一下估计能直接要了生剥的命。然而时间是把杀猪刀，如今的见越入道早已不复当年。

“你在干什么嚯？”生剥看了看他。

接下见越入道这汇聚浑身力量的一拳后生剥毫发无伤。如果见越入道没喊出那句胜利宣言的话，生剥估计甚至不知道自己被他打了一下。生剥平时看起来都十分呆笨，搞得见越入道都忘了他曾经可是东北屈指可数的强悍妖怪。

假装在开玩笑糊弄过去说不定就没事了，但那实在是过于耻辱。见越入道虽然上了年纪，但骨气还是有的。而且见越入道觉得如果不在这里打倒生剥的话，迟早会被他抢走会长的位置。只有妖怪町内会会长的位置对他来说是绝对不能失去的，一旦失去，见越入道的“妖生”就一无所有了。

“生剥，跟我一决胜负吧！”

这回见越入道男子气概十足地向生剥发起决斗挑战。

然而生剥并不领情，一脸严肃地讲着大道理：“用暴力可不行嚯，暴力解决不了任何事情嚯。”

看他那样子应该是认真的，没有一点儿要动手的意思。

受本所深川的环境熏陶，生剥似乎已经变成了和平主义者。他已不是当初在妖怪天下第一武道会蹂躏江户妖怪们的那个生剥了。

“暴力是救不了妖怪们的嚯。如果我有什么让你不快的地方，那就说出来好好商量吧嚯。把话说清楚事情才能得到解决嚯。”

生剥甚至直接放弃抵抗，把菜刀给扔在地上，举起了双手。

这简直就是千载难逢的好机会，面对现在的生剥，下了手就一定能赢。只要将这个没有做任何抵抗的妖怪狠狠揍一顿就行了，即使是见越入道也一定没问题的。

“去死吧！我见越入道现在就送你下地狱！”

正当见越入道的拳头挥出去时——

“住手！”

传来一个粗犷的声音，这声音听着有点儿耳熟。

“难……难道是……”

见越入道浑身上下顿时被不好的预感所支配，回过头一看——

妖怪改方！

顶着个光头的早乙女夜之介和几个手下正盯着见越入道。

“我还以为要被杀掉了嚯。”生剥说道。

“好像是呢。”

夜之介似乎听到了见越入道说的话。他背后的仁科也嘀咕着：“我就知道见越入道总有一天会下手。”

“生剥，你有没有受伤？”

“我有嚯。[1] 见越入道才没有嚯。”

他这是在说头发的事吧。夜之介自己也没有头发，怎么会有心情问他头发的事情呢？

“快说说都发生了什么。”

虽然有不少疑问，但夜之介却没有问见越入道，而是问了生剥。

“就是这个道理嚯，把话说清楚了事情才能得到解决嚯，打人的话除了疼痛什么都没有嚯。”

“嗯……总而言之，你是遭了坏妖怪见越入道的毒手咯？”

“赤裸裸的暴力嚯。”

虽然生剥的话听起来感觉跟事实有所出入，但也将见越入道逼进了死胡同。他已经被定性为坏妖怪了，妖怪改方的成员

---

1. 生剥把“有没有受伤”听成了“有没有头发”，这两句话就相差一个字。

们缩短了与他的距离。

“居然对他人施加暴力，可真是个猖狂的秃子！”

跟秃不秃没什么关系吧。

“暴力只会滋生更多暴力嚯。”

“也就是说还会有新的牺牲者呢。”

“希望在那种事发生前能把他抓走嚯。”

生剥似乎不是在开玩笑。

妖怪町内会会长若是作为坏妖怪被妖怪改方抓走的话，就起不了带头作用了。除了卸任别无选择。

如果只是那样倒还能咬咬牙挺过去，到时候若被妖怪町内会除名了可该怎么办？见越入道没有老婆孩子，甚至没有朋友。如果被赶出妖怪町内会就真的无依无靠了。

“误……误会！说实话，是生剥误会了！”

一着急竟说出了生剥的口头禅。

“有什么话留着到组里再讲吧。”

夜之介一点儿机会都不给他。

“把见越入道抓起来，关到牢房里。”夜之介对手下命令道。

“到牢房里好好清醒一下头脑吧嚯。”

“呼，真是的。”

生剥和仁科说。

— * — * — * — * — * —

见越入道已经被关在妖怪牢里一天了。

明明说有话留到组里讲，结果根本就没人来给他解释的机会，也没有录任何口供，从头到尾只是将他放置在牢笼里而已。

“这帮家伙太过分了。”见越入道埋怨道，“居然将无辜的妖怪关到牢里，妖怪改方真是堕落。”

看来他已经完全忘记自己想要取生剥性命一事了。堕落的不是妖怪改方，而是见越入道才对。

“不管哪个家伙都这么不靠谱，这样下去还怎么维护江户的治安？连老实本分的妖怪都抓进来。”

之前他唆使软软引起骚动的记忆似乎也已经消失了。

反正现在也没人吐槽，见越入道大可以想说什么便说什么。不埋怨些什么他估计也会更加不安。

“按理说就该让我来担当妖怪改方的顾问，这些人根本就不懂得妖怪的真情实感！”

感觉这么自言自语下去就好像能逃离自己在牢笼中的现实一样。

不过见越入道的肚子很快就饿得叫个不停，声音传遍了整个地牢。

“好歹也给我点东西吃吧……”

他的声音听起来已经有点无力了。

这时候，酱油和砂糖的香气飘进见越入道的鼻子里。

“终于有吃的了！”

这对犯人来说简直是唯一的乐趣。昨天的牢饭只有饭团，现在这个味道闻起来，应该好歹是热乎的东西。

“能不能快点儿给我啊？”

这时仿佛是为了回应见越入道一般传来了脚步声。声音离见越入道越来越近，食物的香味也越来越近。

“到吃饭的时间了，见越入道。”

明显是官吏的声音。

有点儿耳熟。见越入道本以为自己已经忘记了这个声音，结果还是没有。这声音的主人可以说正是令他入牢的元凶。

“你小子是……”

“嗯。你还记得我呢。”

出现在见越入道面前的是脑袋光溜溜的里村峰太郎。

“你怎么在这里？”见越入道问道。

这个男人明明已经不知去向了才对。不管是在哪里都不会比在这个地方更让见越入道感到意外的了。

不知去向的里村峰太郎居然出现在妖怪改方的地牢里，这意味着——

“说实话，你是因为做了坏事被抓进这里的？”见越入道说。

他觉得这个里村峰太郎肯定是被火付盗贼改方开除后生活成了问题，便去做些偷鸡摸狗的事，于是就被抓到这儿来了。

简直就是完美的推理，然而里村峰太郎摇了摇头。

“做了坏事被抓进来的是你才对吧。”

这槽还真是人类的吐法啊。

估计是因为都没有人陪见越入道说话，现在见越入道被吐个槽都觉得挺开心的。他本就是耐不住寂寞的妖怪。

“啊？你不是被抓进来的吗？”

这会儿他才想起来，看了看峰太郎的装扮，确实不像囚犯的样子。此时的峰太郎身穿黑色制服，腰间挂了个狐火纹样的印笼，相比他假扮浪人时要体面得多了。见越入道认得这一身装束，分明就是那帮家伙的标准装扮。

“我在这儿工作。”

“工作……”

见越入道总算明白是怎么一回事了。

“里村峰太郎，你这家伙……”

还没等见越入道把话说完。

“前天刚换的，我现在是妖怪改方的同心。”

“什么？！”

见越入道这时虽然看起来十分震惊，但也有些顺势附和的意思。其实从上一句话也能猜出一二了。

更让见越入道震惊的是峰太郎接下来的话：“这是岳父做的军鸡锅。本不该是让犯人享用的东西，不过长官命我带过来，我也只能听从命令了。”

“胸部[1]？”

这才是见越入道在意的事情。

“你刚刚是不是说了胸部？”

见越入道刻意尝试用他认为接近人类的方式去开玩笑，结果完全没效果，甚至令场面变得有点儿尴尬。

“我前几天结婚了。”

峰太郎虽然皱了下眉头，但依然掩盖不了脸上的喜悦，想必是由于新婚的缘故。

哼，原来是这么一回事。

见越入道顿感不屑。甚至不必问他是跟谁结的婚，从他端来的军鸡锅就能猜出来。估计还将他岳父也一并接到这妖怪改方宅邸来生活了。

---

1. 峰太郎说的“岳父”跟“胸部”同音。

“结婚可是好事啊，整个世界肯定都变得明亮起来了。”

见越入道的脑海中浮现出了一整片花海。

“都多亏了夜之介大人。”

这个名字果然出现了。

在峰太郎被火付盗贼改方开除之后立即将他雇用到妖怪改方，这确实像是夜之介的做法。如果在妖怪改方，妻子是盗贼的女儿也没有关系了。

“整天净知道收买人心。”

“话不能这样说，他可是个相当好的长官。”

看样子峰太郎已经完全向着夜之介了，夜之介的追随者又多了一个。话说回来，在稻亭的妖怪里，夜之介的威望也相当高，对生剥来说也像兄弟一样。说不定妖怪町内会会长的最大威胁真就是夜之介，见越入道越来越这么认为。

这可不是能悠闲地享用军鸡锅的场合啊。

“里村，快把我放出去！我还有妖怪町内会的事情要处理！”

“这你就不必费心了。”

这个刚结婚的糊涂鬼在说什么呢？

“怎么可能不费心呢？我可是会长啊！”

见越入道颇为神气地说，不料得来了意想不到的回复。

“代替你的妖怪正好好处理着呢。”

“代替我的妖怪？难……难道是生剥？！”见越入道大喊道。

果然，他一直担心的事终于成为现实了。

“不，生剥只是副会长。”

“这样啊……”

这下安心了一点儿，但稍微想想又激动了起来。

“难道说，夜之介代替我……”

“你是傻瓜吗？”

居然被傻瓜说是傻瓜。

“一个人类怎么可能会去当妖怪町内会会长呢？”

“那，到底是谁……”

就在见越入道这么问的时候，地牢入口传来老剑士的声音：“妖怪町内会的会长代理和副会长前来探望犯人了。”

“我来看望了嚯。”

“嗼可！”

是生剥跟软软的声音。

代替见越入道成为妖怪町内会会长的是——软软。

第二章

-

明天你将成为猫

-

Chapter 2

— * — * — * — * — * —

纵是草木也已入睡的丑三时。

路上刮起了比以往都要猛烈些的冷风，扬起了沙尘，沙尘吹进眼里颇为疼痛。

“喵……”

黑助等稻亭众人熟睡之后走出店去，即使已经浑身沾满沙尘也还在走着。

它这既不是离家出走，也不是兴意盎然半夜出来散步，而是有重要之事要做，对稻亭众人也得保密的事。

“黑助大人不是猫，是雷兽！很厉害的！”

虽然每次统子动不动就说这句话，但其实黑助觉得当只黑猫也挺不错的。

不管怎么看都像黑猫，除了“喵”也发不出其他声音。黑助也一直是将自己当作一只猫来生活的。

“我觉得你当只猫能过得更幸福。”

作为朋友的刀鬼也这么跟它说。

“喵？”

黑助虽然也思考过幸福是什么，但却没有思考得很深入。只是因为朋友这么告诉它，它便觉得作为猫生活说不定确实能更幸福。

如果决定要作为一只猫生活的话，自然不能不与猫往来。

“喵。”

不行，叫声仅是外在的相似。要说起来，黑助还真从没跟猫往来过，净是些什么河童、落武者、鬼火。跟它们在一块儿确实很开心，但还是想跟猫做朋友。真想和猫朋友们在一起“喵、喵”地叫唤。

今晚，黑助要去一个当地的猫聚集的“猫集会”。

黑助也不清楚猫为什么要有集会。它看上去虽然跟个黑猫一样，但终究不是猫，就也不大清楚，只是知道猫会进行集会。

由于身处没什么人住的本所深川外围，家猫也少，因此在稻亭附近召开的是一个野猫集会。黑助希望自己成为它们之中的一员，如果可以参加集会，便也能堂堂正正地当只猫了。

“黑助大人是猫呢。”

说不定以后统子会这么说。统子这么体贴，一定会这么说的。

此外，黑助对唤雷伤人这种事已经厌倦了。每次伤到人，黑助都会觉得内疚，尾巴也缩成一团。

还是别当雷兽了，当只猫吧，当猫的话就能过上和平的生活了。虽然说不定也有把人抓伤的时候，但好歹不会将谁劈成黑炭一样。

总之，比起当只独当一面的雷兽，还是可爱的猫要好些。

“喵！”

成为集会的一员，作为一只黑猫生活下去吧！再一次下定决心后，黑助继续前进。

它感觉自己能感受到作为猫的幸福时刻已经近在眼前了。

小名木川与横川交错的不远处有个放置木材的地方。

穿过这个地方沿横川走下去就能看到十万坪。这里被杂木林所包围，鲜有人迹，即使白天也没什么人过来。

附近虽然没有灯，但好在今天月亮十分美丽，不会觉得漆黑，即使像黑助这么怕黑也敢独自行走。虽然是夜里，却像白天一般明亮，因此黑助很容易就找到了集会的地点。

空地正中央有无数野猫的身影，像挨着棵大树一样聚集在一块儿。

“呜喵。”

黑助非常紧张。

其实前两天它也来了这里，但一听到野猫们的声音却又没勇气了，只好走来走去。结果没有一只猫注意到它的存在，前两天的集会之行也就到它这么走累了为止。

黑助本来就怕生，今晚想着好歹得发出声音，但还是有些不安。

“要不明天再试试吧……”

它心里总会有这么个怯懦的念头，好在今天总算克服了。

即使有了跟它们做朋友的勇气，但如果自己不去交流也什么都改变不了。不能害怕，不能逃避。为了成为猫的伙伴，黑助鼓起它仅剩的那么一点儿勇气，扯开嗓子喊了一声：“哇……喵。”

虽然喊了出来，但因为太紧张差点喊成了“汪”。好险，那可是狗的叫声。

总之，努力过了。

野猫们听到黑助的叫声都看了过来，无数双眼睛正盯着黑助。猫有胖有瘦，身上的花纹和毛色也各有不同，混进来一只黑猫大家也不觉得奇怪。

为了能被接纳为一员，黑助又叫了一声：“喵。”

这回倒是叫得不错。

估计是它的心意传达到了，野猫们开始相互谈论些什么，你喵一声，我喵一声。

黑助站着不动等待答复。如果要接纳它成为同伙想必有不少事情需要讨论，它是这么认为的。真想马上跟大家一起散步啊，统子到时候肯定也会为自己能跟猫做朋友而感到骄傲吧。

但结果野猫们并没有接纳黑助，一只像是头领的虎纹猫蛮横地摇了摇头。

“喵。”

是拒绝黑助的叫声。

得到这样的答复后黑助沉默了。

“……”

是因为头一回差点儿叫成了狗的声音吗？

还是因为晚饭吃的黄瓜味道还在身上，让野猫们嫌弃了？

就在黑助思考着被拒绝的原因时，野猫们三三两两地解散了。它连个搭话的机会都没有，完全被无视了。

过了一会儿，只剩下黑助独自一“猫”了，在空中闪烁的繁星之下被晾在这里，身边吹着寒冷的晚风。

然而野猫们离开不意味着只剩黑助在这里了。仿佛是为了盖过冷风一样，突然吹来一阵微热的风。

“喵？”

黑助不由得歪了下脑袋。

“真是让人看不下去。”

“秒。”

也不知道是从哪里传来的声音，而且这声音应该是第一次听到，既不像是人类的声音，也不像是猫的声音。

热风吹得更强了，这种风是只有在不属于这世界的东西出现时才会有的那种。

是妖怪吗？

黑助慌慌张张地躲到了树荫里，毕竟世上有不少坏妖怪。黑助就曾经险些被一群火鬼给烤去吃而小命不保呢，说不定是那群火鬼的残党来找它了。

“喵……”

黑助都快哭出来了。它可不想再碰上什么倒霉的事情，干脆还是在这树荫里头躲到天亮吧。

然而它的想法还是太天真了。

“你是想一直躲在那里吗喵？完全看得到好吗喵！尾巴还露在外面不停抖动呢喵！果然是个让人看不下去的家伙喵！”

“秒！”

树旁半空中的空气随着这声音变得扭曲起来。

（难道说……）

就在黑助这么想，抬起头看的时候，两个身影落到了地上。

“喵噼里啪啦！”

念完谜一样的台词之后，两个身影又跃入空中。

骨碌、骨碌、骨碌——翻了三个跟斗。

还没等黑助搞清楚眼前发生了什么，两个身影又落在它面前。

“喵！”

“秒！”

是两只骸骨样态的幽灵猫。

— * — * — * — * — * —

“看到了吗喵？看到了吗喵？”

“秒？秒？”

两只幽灵猫靠了过来。它们看起来虽然不像是坏妖怪，但黑助不大清楚它们是不是在问自己看到了什么。

黑助面对盘问总是没有办法，只好说了声：“喵。”

“刚刚是怪化猫空中三回旋喵！”

“秒！”

它们似乎对刚刚自己完美的动作而扬扬自得。虽然这动作跟刀鬼比起来不算什么，但黑助自己是绝对做不出来的。

“喵。”

确实很厉害，黑助老实地称赞了一下。然而依然不知道它们是谁。

就在黑助皱起眉头时。

“我们是骸骨猫和小骸骨猫喵。”

“秒。”

这两只幽灵猫仿佛会读心术一样，突然就开始自我介绍起来。这名字还真是跟它们的外表完全一致。

“我们在寺子屋[1]学习喵。”

“秒。”

虽然仍然一头雾水，但貌似是两只热爱学习的幽灵猫。黑助还是头一回见到在寺子屋学习的妖怪，看来它们果然不是什么坏妖怪。

“喵！”

总之黑助也自我介绍了一下。不过对方是谁都必须有礼貌，这是阿园告诉它的。如果对方报上名字，那自己也必须报上名

---

1. 寺子屋，寺院所设的私塾。

字才行。

虽然听起来就是普普通通的一声猫叫，但同为妖怪，它们之间的言语应该是相通的。其实只要相处得久了，连人类也能听懂。

果然，它们是听得懂黑助说的话的。

“我们也是，请多多指教喵。”

“秒。”

两只骸骨猫也微微低了下头，然后继续说道：“稻亭啊，我们都听说过呢喵。”

“秒。”

居然知道。

不过想想稻亭里净是一帮不安分的家伙，幽灵猫知道也是理所当然。稻亭那些家伙不安分的程度估计能把尸体都给吵得活过来。

实际上，稻亭由于经常十分吵闹，也被附近的幽灵抱怨过，这两位莫非也是来诉苦的？

似乎并不是那么一回事。

“看来猫的集会不肯接纳你呢喵。”

“秒。”

刚刚的事情它们都看在眼里了。

“它们并不打算将你收作同伴呢喵。”

“秒。”

这骸骨猫跟小骸骨猫说起话来可真是一点儿都不客气。

“喵……”

一想起这件事来黑助又想哭了，尾巴也失去力气缩成一团。果然自己终究没有办法成为一只猫，只能继续当雷兽吗？

“动不动就哭的猫最让人看不下去了喵！”

“秒！”

两只幽灵猫突然严厉地训斥起黑助来。

“瞎难过也不会有任何好事发生的喵！”

“秒！”

就算被这么说，黑助也没办法平复过来。也许是因为一直以来都被统子保护着，它十分抗不住打击，一旦被拒绝就会变得很消沉。它脑海中甚至冒出如果当不了猫就去出家的念头。

“真是没办法喵。”

骸骨猫长叹了口气。

“我和小骸骨猫决定将黑助你收为弟子喵。”

“秒。”

“喵？”

黑助有点诧异。

这番话实在过于唐突。黑助不记得自己什么时候拜托过它们收自己为弟子，而且从这两只骸骨猫身上能学到什么东西？

“就交给我们吧喵。”

“秒。”

两只骸骨猫笑了起来。

然而由于外表上是骸骨，只给人一股阴森森的感觉。

“先叫我们一声师父吧喵！”

“秒！”

看它俩这样莫名其妙开心的样子，说不定是跟火鬼一样只是不同意义上的危险家伙，还是溜了吧。正当黑助准备逃跑时，骸骨猫朝它说道：“你毕竟是雷兽喵。由于不是真正的猫，自然不知道野猫们在想什么喵。”

听起来有点道理，黑助改变了主意。

骸骨猫是猫的幽灵——也就是说，它们曾经也是猫。这下子黑助才觉得自己说不定能从它们身上学到一些什么。

两只骸骨猫像是为了防止黑助拒绝一样又紧接着说：“想知道猫在想些什么，当然得直接问猫才行喵。这是成为猫的第一步喵。”

“秒。”

于是，黑助变成了两只骸骨猫的弟子。

事不宜迟，黑助这就加入骸骨猫师父们的私塾。说是私塾，实际上还是在刚刚的地方。

“学习在哪里都可以进行喵。”骸骨猫让黑助就地坐下，继续说，“知己知彼，百战不殆喵。”

这回小骸骨猫倒是没跟着说一句“秒”。

明明才刚刚开始，小骸骨猫似乎就已经不耐烦了，这会儿正躺在黑助旁边呼呼大睡。看来它并不像骸骨猫那么有干劲。

“这是唐国[1]的谚语喵，你知道是什么意思吗喵？”

骸骨猫看着黑助提问道。

不过这个问题对黑助来说似乎太难了，它完全不知道这句话是什么意思，就连听都没听说过。

“喵。”

总之先一脸认真地点点头，不懂装懂可是黑助的拿手好戏。这招屡试不爽，别说阿园跟统子了，就连刀弥跟三国也从没识破过。

然而对骸骨猫来说似乎不大管用。

“对于自己不知道的东西，假装知道可不行喵。”

这就被训斥了一番。完全被识破了，这种事情好像还是头

1. 指中国。

一次，私塾真严厉啊！

“喵。”黑助乖乖地赔了个不是。

“这就对了喵。”

骸骨猫点点头，跟黑助解释起来：“想要获胜，就必须得充分了解自己的敌人才行喵。唐人说的这句话非常有道理喵。”

“呜喵？”

更加听不懂了。本来就不清楚“糖国”跟“糖人”是什么，而且“敌人”跟“胜利”又是什么东西呢？黑助已经不知道究竟是自己脑袋不好使，还是骸骨猫的表述有问题了。

“你必须好好思考能打败野猫们的方法喵。”

看来是它的表述有问题。

“喵！”

黑助摇了摇头，跟野猫们打架可不行。它只是想成为它们的伙伴，融入猫的集会罢了，怎么能跟它们打架呢？

“这黑助还真是笨喵。”骸骨猫叹了口气。

“我的意思是，你完全不懂得野猫们的想法喵。不想清楚它们为什么不接纳你这个问题，你就永远没有办法成为猫喵。”

野猫们的想法……确实从来没思考过。毕竟黑助没有跟普通的猫往来的经验，也就从没有考虑过这个问题。

“喵？”

黑助在问应该怎么做才能搞懂野猫们在想什么。

“好好观察野猫们的生活就可以了喵。”

“喵？”

“没错喵。必须用你自己的眼睛去好好观察野猫们平时都是怎样生活的喵。”

“秒……”

这是小骸骨猫在说梦话。

黑助听了骸骨猫的建议，决定从这天开始每天观察野猫们的生活。

“让我来告诉你野猫们平时都在哪里活动吧喵。”

“秒。”

骸骨猫跟小骸骨猫也跟过来了。

看来猫的幽灵在白天也能现身。不知道它们都什么时候去寺子屋学习，黑助也没问。估计骸骨猫们也挺闲的，跟稻亭那几个整天干活的妖怪不一样。

“作为师父我们得好好教导你才行喵。”

“秒。”

黑助感激的同时又觉得有点烦人，不过它又没有勇气把骸骨猫支开。

“这片区域的猫首领是虎丸喵。”

黑助记得它，就是那只身上的纹路像老虎一样的猫把黑助给拒绝掉的。再仔细一想，当时确实所有的猫都看它的脸色行事。

“新来的猫想要成为它们的伙伴的话，毫无疑问需要得到虎丸的认可喵。”

“秒。”

这两只骸骨猫倒还真知道得挺详细的。

“要观察所有野猫肯定是不可能的喵。”

确实，毕竟黑助只有两只眼睛。

“好好观察虎丸就可以了喵。”

“喵？”

“搞清楚首领猫，自然而然也就搞清楚其他所有猫了喵。”

“秒。”

原来如此。似乎很有道理，这两只骸骨猫的脑子果然比黑助要好使多了，黑助决定好好观察虎丸。

虎丸是只目中无人的野猫。

它的身板跟普通的猫倒是没什么差别，不过一举一动却能散发出威严。

黑助目睹了它赶走前来抢地盘的野狗的整个过程，惊为天人。野狗们夹着尾巴就逃走了。

“喵……”

这世界上原来还存在着能打败狗的猫，黑助真没想过。

“谁都没法抵抗它喵。”

“秒。”

这虎丸说不定比骸骨猫和小骸骨猫要厉害。其实黑助一直觉得这两只骸骨猫看上去弱不禁风来着，估计跟九助和仁科有的一拼。

“不要小看我们骸骨猫喵，我们可以说是本所深川最强的存在喵。”

“秒。”

两只骸骨猫趾高气扬地说道。

一定是在吹牛，压根儿就从没听说过什么骸骨猫的传言。如果真是什么最强的妖怪，黑助不可能没听说过。

黑助用怀疑的眼神看着它们。

“我们的事情不重要，现在重要的是虎丸喵。”

“秒。”

转移话题了。

不过确实，骸骨猫怎么样都好。黑助的目光回到了虎丸身上。

虎丸赶走的不只有野狗，这一带时不时有些没见过的野猫出现，也都会被虎丸赶走。不论是小猫还是老猫，虎丸不允许有任何其他猫接近它的地盘，甚至连病猫也不例外，它不接纳其他任何猫。

“喵！”

真是只冷血的猫啊，对那些需要帮助的猫一律见死不救，简直令人难以置信。黑助觉得有点愤慨。

而且虎丸在吃东西的时候也相当蛮横。其他野猫叼来的鱼都会被它当作自己的东西一样吃掉。大家一句怨言都没有，只会挑虎丸吃剩下的分着吃。

“喵！”

不可原谅，黑助这么想着。

虎丸的地盘上有只身体不好的猫。那是只母猫，看上去十分温柔又可爱，但稍微跑一会儿就会面露苦色。

“那是三色猫三毛子喵。”骸骨猫继续对黑助进行教导。

“它从出生开始就身体不好喵。”

“秒。”

人类之中也有身体不好的，像这种人如果不好好照顾自己，大多活不久。必须得好好吃饭、好好休息才可以。猫也是一样。

然而虎丸却总是只分给体弱的三毛子一丁点儿食物，食物少的时候三毛子甚至有可能分不到任何吃的。

“毕竟食物不够分，没办法喵。巧妇难为无米之炊喵。”

“秒。”

就算骸骨猫这么说，黑助也绝不认可虎丸的做法。

“作为男孩子，要对女孩子温柔一些才行哦。”

“要温柔一些才行呢。”

这是阿园和统子告诉它的，夜之介和刀弥似乎也说过类似的话。因此黑助决定要自己对三毛子温柔一些。

但怎么才算是温柔呢？正当它想请教两只骸骨猫时，它们不知什么时候已经开始呼呼大睡了。或许对猫来说睡觉也是工作的一部分吧，黑助自己闲的时候也可以睡上一整天。

大风又开始刮了起来。今年的风还真是比往年猛烈了不少，能卷起无数沙尘。黑助的眼睛又大，沙尘经常吹进它眼睛里，把它搞得泪汪汪的。

两只骸骨猫似乎不管风有多大都不会起来的样子，这两只不属于这个世界的猫说不定就能这么睡上个一两百年。

如果是那样，等它们醒来黑助估计都已经变成灰了。

“喵。”

黑助决定不管这两只骸骨猫师父，它已经想到该怎么温柔地对待三毛子了。

— * — * — * — * — * —

黑助回了趟自己的家——稻亭。

稻亭向来很热闹，不过用餐之外的时间就是众人的闲暇时光了，有的去买东西，有的去照料菜园里的黄瓜，有的飘来飘去，有的午睡。也常有店里一个人都不在的情况。

黑助看中的就是这段时间。

它并没有像平常一样从正门回来，而是偷偷摸摸地潜入。一直住在稻亭的黑助对这里了如指掌，很轻松就进来了。

“喵。”

它试着用比以往听起来要坏的声音叫了一下，虽然实际并没有什么区别。它不过是想发出像大盗一样的声音。

怪盗黑助。

尽管没有人会这么称呼它，但黑助自己已经全身心投入于这个角色之中了。谁都有想要扮演反派的时候，何况黑助接下来确实要做坏事——偷鱼。

尽管内心深处有个声音告诉它不用偷也能得手，但稻亭的人可没有那么好糊弄。黑助自己的食物倒是能轻松搞到，不过跟大多数饭馆一样，稻亭对野猫并不友好。

“不要拿东西给野猫吃哦。”

河童九助就这么警告过它。连落武者、鬼火以及新来的狸猫怪朋太也是同样的态度。三国的话，甚至可能把野猫抓来煮了吃也说不定。“哇，是食材！”他肯定会这么说。

危险的不只有这些家伙。

“嚯，这个看起来好好吃啊。”一定也有客人会这么说。

“总之不许拿吃的给野猫。”

九助再三强调，估计是鱼时不时被野猫偷走这件事在他心里埋下了仇恨的种子。河童九助的心胸就跟表面看起来一样狭隘。

如果好好跟阿园或统子说明情况的话倒兴许能要来鱼。然而黑助除了“喵”什么都不会说，没有能向她们解释清楚的自信，此外也不想让她们误会自己图谋不轨。

它并没有想着通过讨好一部分野猫来达成加入猫集会的目的，而是单纯为了让身体不好的三毛子吃上新鲜的鱼。它想要帮助被虎丸欺负的三毛子，吃了稻亭的鱼后它一定能容光焕发。

“喵！”

它坚定地叫了一声，以告诉自己并不是在做坏事。

黑助朝着厨房又前进了一步。

正好今天阿园和统子去了日本桥，三国也去帮她们拿东西。

“黑助大人，一起去买东西吧。”统子出门前对它说。

“喵……阿嚏……”

黑助装作感冒的样子打了个喷嚏。

“最近风很大呢。”

“那就在家好好休息吧。”

“拿东西的活请交给在下！”

统子温柔的话令它有点过意不去。她只顾着担心，完全没有怀疑自己打的是假喷嚏。

黑助顶着罪恶感来到了厨房门前，听到里面有人在讲话。

“朋太，都是因为你害得咱们才被骂了！”

九助正在数落狸猫怪朋太。

这个河童不管什么时候都在埋怨各种事情。由于埋怨内容通常比较长，黑助早已经养成左耳进右耳出的习惯。跟总是一句话切中要害的阿园讲话的方式简直判若云泥。

“如果连我们都被捉去做三味线的皮该怎么办？而且人家抓野猫也没犯法不是吗？！”

似乎提到了野猫什么的。不过是九助说的话，不必在意。眼下有更重要的事情要做，那就是扮演好怪盗黑助这个角色。

黑助偷偷往厨房里看了一眼，对付起来比较棘手的落武者跟鬼火都不在，只有九助跟朋太两只妖怪。而且他们在后门那里讲话，完全没注意到黑助。

“我能理解你想帮助它们的心情，但你做得太过了。”

黑助走进了厨房。

由于店里依然是营业时间，食材都好好地放着。再加上九助那滔滔不绝的说话声把它的脚步声盖过去了，简直是完美的机会。

黑助开始环顾厨房里的食材。

黄瓜、鸡蛋、黄瓜、萝卜、黄瓜、葱、黄瓜、乌冬面、黄瓜……

总算找到鱼了，还是一条很大的鲷鱼，放在砧板上。

黑助往后门瞄了一眼，两只妖怪还在说话。

“居然变成臼[1]去砸人，也不怕连你自己都被抓起来！”

黑助无视正在叹气的九助，叼起鱼跑了出去。

— * — * — * — * — * —

“呀！”

统子叫了一声。

---

1. 臼，加工粮食用的器具，也是日本民间传说“猿蟹合战”中砸死猴子的关键角色。

她正压着那已经不知道被大风吹起来第几次的和服下摆。

“真是下流的风！”

统子跟阿园过了日本桥，为买店里用的器皿来到濑户物町一带。

“好……好重……”

三国抱着一堆东西跟在后面努力追赶统子和阿园的脚步。

“明明拜托店里的人送到稻亭就好了。”

“这么多东西抱不动吧？”

阿园也这么说，但三国似乎没听见。

“在下不过是为阿园小姐尽微薄之力！”

他一逮到机会就向阿园献殷勤，而且从来没奏效过。

“这些东西在下是为了阿园小姐抱的！”

倒不如说是在帮倒忙。

“万一摔坏可就不得了了。”

器皿这东西要真有个万一可就麻烦了，何况这些都是阿园照自己喜好挑选的比较贵的款式。

“可别掉到地上哦。”

稻亭母女俩十分担心，并且主要是在担心器皿。

“不……不会的。”

看三国那样子应该还是靠谱的，他虽然说着东西重，但脚步十分稳健。

“不愧是剑士呢。”

阿园有点钦佩。她毕竟是妖怪改方前长官的妻子，看剑士很有眼光。

“我……我还能拿更多东西！”

这句话就肯定是在逞强了。三国无论如何都要在阿园面前展现出自己最好的一面。

“不……不过话说今天这风还真大啊。”

三国手上的东西时不时被风吹得摇摇晃晃。在这种情况下，不管剑术再怎么厉害的人走起路来也略显吃力。

“这么大的风，卖木桶的人肯定很赚钱。”阿园一边压着和服下摆一边说。

这话江户人一听就懂，然而三国就不明白了。

“嗯？什么？为什么卖木桶的人会很赚钱呢？”

果然就算再怎么适应了江户，外国人终究是外国人。

“你有听过‘大风刮来聚宝盆’这句话吗？”

“头一回听说。”

抱着山一样高的器皿的三国摇了摇头。他虽然剑术了得，头脑却不太灵活，平时也不怎么看书。

不过他的优点是有好奇心。

“麻烦给我解释一下吧！”说着低下他那满是金发的头鞠了个别扭的躬。

“吹风的时候就会扬起沙尘对吧？”统子开始说明。

“确实是呢。”

不过江户这地方其实不吹风的时候也会扬起沙尘，经常走着走着身上就满是尘土。

“沙尘吹到眼睛里眼睛就会痛对吧？”

“那确实很痛呢，每次沙尘吹进眼睛里我都感觉要瞎了一样。”

而且三国是外国人，眼睛比较大。

“也确实会有眼睛因此瞎掉的人对吧？”

“确实是呢。”

一般的百姓没钱看医生，治不起病，只能等着自己好起来。然而眼睛一旦瞎了是没办法复明的。

“眼睛瞎了就什么都看不见，有些人会靠弹琴来维持生计对吧？”

“对哦，即使变成了瞎子也还得吃饭。”

“但是要弹琴也没办法马上弹得好听起来，学三味线的人就因此变多了对吧？”

“凡事都是熟能生巧的。”

到这里为止三国都可以理解，然而接下来就有点难了。

“做三味线需要用到猫皮对吧？”

“做三味线居然要用到猫皮？！”

“没错。为了做三味线，有很多猫会被抓走。这么一来猫的数量就减少了对吧？”

“听起来真可怜啊……这对猫来说简直就是灾难。”

“不过对老鼠来说就是好事了。猫一旦变少，老鼠就会变多了对吧？”

“那可不得了了！”

拜稻亭所赐，三国的帮腔能力简直不像是个外国人。

“老鼠会把木桶咬破对吧？木桶一旦被咬破就只能买新的了。”

“原来是这样……所以卖木桶的人会很赚钱。”

三国理解了，虽然也有他原本就好糊弄的成分在里面。

卖木桶的人如何倒是不清楚，不过最近三味线确实很畅销，也听说有人在抓野猫。

“我们家的黑助也得小心看着点，别被人抓去做三味线。”

“我回去会好好嘱咐它的。”

三国完全没有听出稻亭母女俩言语里的担忧，说：“在下也会小心点以免被人抓去做唐人三味线的！”

身为一个人类却莫名神经紧绷了起来。

— * — * — * — * — * —

“喵！”

黑助现在心情特别好，因为三毛子很高兴地享用了它从稻亭叼来的鱼。由于这条鲷鱼非常大，三毛子吃不完，就叫来了其他野猫一起吃，甚至有些猫向黑助低头道谢。

说不定它们已经把自己当成伙伴了，这下子终于可以成为猫了。黑助想着。

“你给野猫鲷鱼吃，它们当然会高兴了喵。”

“秒。”

两只骸骨猫师父不知什么时候出现的，各板着一张脸。

“真是让人看不下去喵。”

“秒。”

它们似乎对黑助的所作所为不大满意。

“这不是了解敌人，而是给敌人送盐[1]喵。而且还是万万不能送的盐喵。”

骸骨猫的表情十分严肃。

顺便一提，似乎只有黑助能看见两只骸骨猫的样子，三毛

1. 出自战国时代武田信玄和上杉谦信的典故。武田信玄其领地无海，无处取盐，上杉谦信于川中岛大战间隙送盐于武田家。又有说法称是没有对武田家采取禁盐制裁。

子和其他野猫完全看不见也听不见它们说话。两只骸骨猫一直以来也只是对黑助说话。

“我们是不会鼓励偷盗行为的喵。”

“秒。”

骸骨猫们对黑助说。

它们嘴上这么说，脸上却写满了“嘴馋”二字，紧盯着吃鱼的野猫们。明明想要吃的话直说就行了。只要说出来，野猫们肯定也愿意分一些给它们吃的。它们如果愿意的话应该能让野猫们也看得见自己。

“我们不能跟活猫有任何来往喵，何况对偷来的鱼我们是不会有任何兴趣的喵。”

就在骸骨猫滔滔不绝的时候，小骸骨猫已经朝鲷鱼走了过去。

“秒。”

看上去它是想让野猫们分点鲷鱼肉给它。

“不能接近活猫喵！”

骸骨猫想要制止它，但小骸骨猫完全没有听。

“秒！”

小骸骨猫继续朝鲷鱼走过去。黑助没想到一直像是骸骨猫跟班的小骸骨猫也会有这么强烈的意识表达。

“不行喵！”

骸骨猫张开身体挡住了小骸骨猫的路。

“秒！”

小骸骨猫张牙舞爪，看上去十分生气。两只猫一副马上就要打起来的样子。

“喵？”

它们到底想干什么呢？稻亭也没有像这样的妖怪，黑助搞不懂。

就在黑助对两只骸骨猫的行为感到疑惑时，野猫们突然都安静了下来。

所有野猫的目光聚集到了一个地方。

这回又发生了什么呢？黑助朝野猫们视线的尽头看去，只见虎丸正双眼放光地盯着这边。它什么声音都还没有发出，气势却已经使整个氛围为之一变。

“早就跟你说不要多管闲事喵。”

“秒。”

即使骸骨猫不说，黑助看到虎丸那凝重的表情也清楚。虽然黑助一直以来都胆小怕事，但这回决定拿出它那或多或少的勇气来面对虎丸。

“喵？”

黑助问虎丸要不要一起吃，它并不打算把虎丸排除在外。黑助只是希望参加猫的集会而已，也想跟虎丸成为朋友。

“对胆小鬼黑助来说确实是很努力了喵。”

“秒。”

骸骨猫和小骸骨猫称赞道。

然而，虎丸并没有走过来，而是一言不发地回过头，离开了空地。

“这可就伤脑筋了喵。”

“秒。”

两只骸骨猫同时耸了耸肩膀。

最近黑助并没有太多心思去想虎丸的事情，因为三毛子病倒了。

黑助其实心里也很清楚三毛子的身体一日不如一日。

本所深川对人类来说虽然是个可以悠闲过日子的地方，但对野猫来说居住环境是比较恶劣的。下雨的时候在外面根本睡不着觉，就算好不容易找到个废弃的寺庙，也往往会被浪人或流氓们撵走。野猫们在本所深川连找个能好好睡觉的地方都很困难。

除了住宿之外，吃饭也是个大问题。肚子饿的时候是没法指望能有人送食物上门的。

“野猫们的寿命通常只有家猫的三分之一喵。”

“秒。”

“喵？”

黑助虽然有点惊讶，但它知道骸骨猫说得并不夸张，它在路边也见过很多具冰冷的野猫尸体。

“小骸骨猫原本也是只野猫喵。”

“秒……”

小骸骨猫似乎想起了生前的事情，伤心地叫了一声。

即使知道有这么一回事，黑助也不清楚该如何帮它们才好。至少为它们再弄些吃的吧。

于是，之后黑助从稻亭带了许多次鱼给野猫们吃。不过不再是从厨房偷的了，而是自己吃剩下的。

稻亭众人也见到黑助这不寻常的样子。

“每天都叼鱼出去，究竟是去哪里呢？”

三国觉得很奇怪。

“看来是交女朋友了。”来稻亭吃饭的刀鬼半开玩笑地说道。喝了不少酒之后他说起话来更没分寸了。

“意思是有恋爱对象了，是吗？”

三国似乎当真了。

“不会吧。”刀弥笑了笑。

不过刀鬼说的跟实际上差不多。黑助这或许不算恋爱，但现在它的脑海中确实都是三毛子的事情。

— * — * — * — * — * —

离开稻亭的黑助正穿梭于杂木林之中。

稻亭位于本所深川外围，是个几乎不知算不算江户的位置。由于住着许多农民，这里除了杂木林大多是田地，大家靠种稻米、葱、白萝卜之类的过活。

不过这些人也并非世世代代只当农民。有为了成为武士而买家格[1]的人，也有卖了田地改做买卖的人，也有未纳供奉而出逃的人。此外，还有因流行病病倒，全家未能幸免的人。人类是很脆弱的，没钱的人一旦出了什么事很容易就会死去，因此不再有人居住的农家绝不在少数。

这几天三毛子等野猫便是将一个这样的农家作为居住地。也不知这里是因为什么没有人居住，建筑虽然十分老旧，但屋

1. 家格，相当于中国的门第。

顶和墙壁上倒是都没有破洞，门窗也紧闭着，野猫们只能从屋檐下出入。黑助被准许出入这里，它已经被野猫们当作同伴，成为其中一员了。

“喵！”

黑助现在相当高兴，因为每次参加猫集会时三毛子都会把旁边的位置空出来给它。貌似也由于有了固定居所且几乎每天都能吃到鱼的缘故，三毛子逐渐变得精神了起来。

黑助终于如愿以偿能够开心地参加猫的集会了，能跟野猫们你“喵”一句我“喵”一句地打招呼，还能一起谈天说地。

黑助跟它们聊了好多好多，野猫们也都一边打盹儿一边听黑助说话。

“完全被当成是猫了喵。”

“秒。”

这点确实如两只骸骨猫所说。

“而且好像非常开心的样子喵……”

“秒……”

看得出来它们有一些羡慕。

黑助本来即使没这些野猫也有稻亭的伙伴们，而两只骸骨猫则一直都十分孤独。虽然说在寺子屋学习吧，但也不知道是真是假。

妖怪，尤其幽灵，大都是些寂寞的家伙。它们之所以跟着黑助，想必也是由于耐不住寂寞。

黑助试着问了下它们要不要加入，然而骸骨猫摇了摇头。

“我们是幽灵，不能参加猫的集会喵。”

“秒。”

小骸骨猫的声音听起来有点凄凉。

似乎是这么一个道理。黑助也不认为向来谨慎的野猫们会信任两只幽灵。

不过，黑助虽然长得跟黑猫没啥两样，却也是一只妖怪，如果暴露身份的话，估计会被赶出集会去。

不是估计，肯定会被赶出去。绝对不能让大家知道自己是雷兽这件事，黑助还想继续当它们的同伴呢。

“靠鲷鱼来收买人家可不能算真正的同伴喵。”

“秒。”

黑助被两只骸骨猫这么说道，但它不以为然。

这一天，黑助也来跟大家见面。它叼着一条鱼屁颠屁颠地走到农家前，却发现本该紧闭着的门正打开着。

这究竟是谁干的呢？

毕竟野猫中总会有些乱来的家伙。

不对，是不是野猫并没有关系，虎丸还在时，它们之中也没有乱来的家伙。

自从“鲷鱼事件”之后虎丸就再也没有出现过，有一些猫随之变得放肆了起来。虽然黑助没有资格指责，但听说有些猫开始在附近的饭馆偷鱼吃。

黑助也跟它们说过偷东西是不好的行为，然而它们听不进去。

“只懂得温柔待人的话，野猫们可不会团结一致哦喵。”

“秒。”

两只骸骨猫又出现了。虽说作为幽灵随时随地出现是理所当然的事情，唯一例外的是稻亭，估计是由于害怕妖怪改方，它们从不在稻亭里出现。

“以前做了不少坏事，所以需要回避这帮家伙喵。”

“秒。”

黑助觉得骸骨猫们的说法有点可疑，真正的坏人一般不会说自己是坏人。

不过这件事倒是无所谓。骸骨猫和小骸骨猫跟黑助说：“虎丸那样的猫是不可或缺的喵。就是因为没有了它，才会发生现在这些伤脑筋的事情喵。”

“秒。”

它们说的伤脑筋的事情究竟是什么呢？

虎丸不在之后野猫们确实没有了管制，但大家也可以平等地分食物吃了。

“平等可不一定总是好事喵。”

“秒。”

骸骨猫又说了令黑助费解的话。

“喵？”

正当黑助皱起眉头思考骸骨猫话里的意思时，两只骸骨猫提了个它从没想过的建议：“黑助应该来保护大家喵，去代替虎丸成为野猫们的首领吧喵。”

“秒。”

“喵！”

黑助摇了摇头。首领什么的才不需要呢，大家能关系融洽才是最重要的。

“还真是死脑筋喵。”

“秒。”

两只骸骨猫看上去不大满意。

“如果没有人当首领的话，也就没有人来保护大家了喵。只有关系融洽虽然也活得下去，但会非常艰难喵。”

“秒。”

说完该说的话之后骸骨猫跟小骸骨猫就消失了。

“喵？”

黑助歪了歪头。它们到底想说什么呢？果然还是难以捉摸。一直以来它好歹会思考两只骸骨猫的话，虽然最后大多以睡着告终，然而今天连思考都做不到。

这时从农家里传出了叫喊声。

“你们马上就要成为三味线的皮了！还不老实一点儿？！”

“喵？！”

黑助顿时睁大双眼。做三味线要用到猫皮这件事它也是知道的。

“一只都别落下，全给我抓起来！”

男人的叫喊声再次响起，野猫们也随之发出“救命啊”的惨叫声。

黑助赶紧放下了嘴里的鱼冲进农家。

它不知道的是，在这之后本该已经消失的骸骨猫和小骸骨猫再次出现，把那条鱼捡了起来。

— * — * — * — * — * —

黑助冲进废弃的农家，只见里面有十几个浪人。

它这时还不知道这些家伙正在做着将野猫卖给三味线店赚钱的勾当，之前被朋太变成臼砸了的也是这帮人。虽然他们干的并不是什么惊动奉行所的事，但也绝不是品行端正的好人。

浪人们旁边放着一个竹笼，里面关着他们抓来的野猫，三毛子也在其中。看来他们是打算直接拿着这个竹笼到三味线店把野猫们卖掉。不做点什么的话三毛子就要成为三味线的一部分了。

就在黑助思考的时候，有浪人注意到了它。

“喂，这儿还有一只！”其中一个人看着它叫道。

“喵……”

黑助露怯了。这下子可要被抓去做三味线了，它多么想立马逃回稻亭去，然而不能对同伴们见死不救。

该怎么救它们才好呢？黑助一点儿头绪都没有，它对打架没有任何自信，而且这会儿头顶上看不到天空，连雷也唤不成。就算看得到天空也没用，它可不想暴露自己的真实身份，一旦唤雷，野猫们就会知道自己是妖怪了。所以说它要想救大家的话，必须不依靠雷兽的力量，作为一只猫去战斗才行。

“喵……”

太难了，这样子一定赢不了的。

黑助的尾巴顿时缩得更小了。它既不能放着野猫们不管，也没有跟浪人们动手的勇气。

“把那只黑色的也抓来！”

浪人们靠过来，黑助被吓得动都动不了。

就在这时……

“喵！”

是竹笼中三毛子的叫声，它让黑助快点逃跑。比起自己的处境它居然更担心黑助。

黑助好歹也是个男子汉，怎么能放下大家独自逃跑呢？

“喵！”

黑助为了激励自己喊了一声。它决定跟浪人们战斗，救出三毛子和其他野猫同伴。它的眼神变得尖锐起来。

— * — * — * — * — * —

而在不久前的稻亭——

“最近黑助大人的样子有些奇怪。”统子一边上菜一边皱着眉头跟常客们说。

“有吗？我倒是没看出来。”

回应她的是刀弥。

刀弥、夜之介还有刀鬼刚结束了妖怪改方一天的工作，在稻亭里喝酒。老实说这些人最近工作没干多少，来稻亭却是一天也不落下。

夜之介和刀鬼正对刚端上来的料理狂流口水。

“牡丹锅还真是难得啊！”

“嚯，这个不错！”

所谓牡丹锅，其实就是主要用白味噌和猪肉做的锅料理。日本早前因为佛教的影响是很少吃肉食的，到了江户时代，人们为了追求健壮的身体才有了吃猪肉和鸡肉的习惯。不过当时吃肉依然不能太张扬，大家便将猪肉称为“牡丹肉”。牡丹锅特别适合下酒吃，也是稻亭非常受欢迎的一道料理。

“什么时候也来试试看狸猫锅好了。”

夜之介顺便拿朋太开个玩笑，开始吃了起来。看到他那吃相，朋太不禁觉得尾巴一阵疼痛。

刀鬼倒是没像夜之介那样光顾着吃而无视统子，他一边吃牡丹锅一边对统子说：“是不是到发情期了？”

猫毕竟是有恋爱的季节呢。一旦到了那种季节，可就老实不下来了。

“黑助大人不是猫！”

统子说出她的招牌台词来，不过这次的声音似乎比往常要小了一些。

“可是长得也跟猫没两样嘛。”

除了能唤雷之外确实跟猫没什么两样。如果世界上不存在雷兽这种生物的话，黑助肯定就是一只会打雷的猫了。

然而统子继续反驳道：“而且，黑助大人还小呢。”

“恋爱跟年龄大小没有关系。”

刀鬼继续边吃牡丹锅边还嘴。

此时刀弥的脑海中浮现出一个女剑士的身影。明明是完全沾不上边的时候居然也想起了她，实在令他有些困扰。

“世间甚至还有不被允许的恋爱呢。”

刀鬼瞄了刀弥一眼，见他若有所思的样子。由于相处得久，刀鬼立刻察觉到了刀弥的情绪变化。

不过看刀弥似乎没打算说什么之后，刀鬼便转移了视线，把话题转回到黑助身上。

“黑助如果谈了恋爱倒也不是坏事。”

这回统子就没有反驳什么了。

“话说最近不大太平呢。”

她看起来十分担心。

“不太平？”刀弥问道。看来恋爱的话题结束后他心里的石头也落下了。

“发生了什么事吗？”

“最近有些人在抓猫。”

这件事确实有所耳闻。

“俗话说大风刮来个什么盆的对吧？”

今年本所深川的风特别大，三味线的皮价钱很好，捕猫人也随之增加，已经有不少野猫遭了殃。

“说的是被朋太打了的那些人吧？”

就因为那回事，有人来稻亭投诉了。

“九助大人好好地向人家道歉了。”

河童九助其实意外地十分靠谱，估计去应聘任何饭馆都不在话下。

“被抓去做三味线的猫实在太可怜了。”统子说。

由于跟黑助关系很好的原因，她十分同情那些被抓走的野猫。

“你们能不能为它们做点什么？”统子对妖怪改方的几位恳求道。

“这不是妖怪改方的分内之事。”夜之介摇了摇头。

虽然感觉对不起统子的期待，但这种事没有太多商量的余地。抓野猫的行为虽然恶劣，但并不触犯法律，官吏不该干涉。町奉行所都无权管辖这种事，更何况妖怪改方。

而且还有其他原因。

“我听说这些野猫最近也干了不少坏事。”

“喂……”

发出声音的是刀弥，不过倒不是由于刀鬼说的话，而是——

牡丹锅已经被吃完了，猪肉完全没了踪影，只剩几个菜梗浮在上面。

“我的牡丹锅……”

“你还没吃够吗？”

什么叫还没吃够，自己压根儿一口都还没吃。

“谁叫你发呆呢。”夜之介说。

“吃完就该做杂炊[1]了！”

刀弥又被无视了。

统子对厨房里头喊了一声。

刀弥明明还没动筷肉就没了。他非常失落，不过听到接下来的话马上又有了精神。

“待会儿要把米饭倒进去，再加入鸡蛋搅拌。”

这个看起来也很好吃啊，好歹可以品尝到牡丹锅的味道了。

“不过肚子已经很撑了，这么多还吃得下吗？”

你这家伙可以选择不吃。

“确实听说附近的野猫最近偷了不少鱼。”

一边期待着杂炊的刀弥把话题又引回到了野猫身上。

这件事几乎在本所深川所有饭馆都成为话题。这附近的野

---

1. 杂炊，一种粥。日本人吃锅料理常在最后剩下的汤里放入米饭煮成杂炊。

猫一直以来虽然说不上规矩，但基本也没干过什么坏事。

“说不定是野猫首领换了。”

很有可能。人类的组织就经常会随着掌权的人的改变而发生改变，猫的世界也同理。

“鱼如果频繁被偷的话，饭馆可就开不下去了。”刀鬼皱着眉头说。

本所深川饭馆的消费通常比较低，本来就不怎么赚钱，时不时再有猫偷鱼，肯定得亏本。最近甚至还有饭馆老板拜托浪人去驱逐野猫。

“所以这些野猫说到底也算自作自受是吗？”

刀弥叹了口气。毕竟人类得保证自己能生活下去。

“但是被抓去做三味线依然很可怜啊！”

就在统子说完这句话之后，稻亭的空气突然为之一变。门窗紧闭着的店里此时竟吹起了微热的风，把灯火也吹灭了。

只有厨房附近的灯火还亮着。现在稻亭里虽然称不上一片漆黑，但也十分昏暗了，直叫人起鸡皮疙瘩。

“喂，刀弥。”

“我知道。”刀弥回答道。

这种微热的风，是不属于这世上的东西出现的前兆，他见识过不少次。可以说每一个妖怪改方成员都对这种风十分熟悉。

妖怪改方的全名是“妖怪亡灵改方”。

在江户，有着名为町奉行所的犯罪搜查机构。町奉行所分为数寄屋桥的南町奉行所和吴服桥的北町奉行所两处，共同维护江户治安。

但对居民逾百万的江户来说，单有町奉行所显然是不够的。而且町奉行所的管辖范围只限江户境内，犯人如果逃进了寺庙里，那案件便成了寺社奉行的管辖范围；如果逃出了江户，则需要若干手续才可以继续追捕。

江户发生的案件多与纵火和妖怪亡灵相关，而且罪犯也有可能逃到寺庙里或江户外。面对这种案件，町奉行所能做的事情十分有限，于是便设立了火付盗贼改方和妖怪亡灵改方。

那些粗野之辈犯下的案件归火付盗贼改方管辖，妖怪、亡灵犯下的案件则由妖怪亡灵改方管辖。

以惩办坏妖怪与恶灵为工作势必会招来不少怨恨，如今在稻亭被盯上了也不算奇怪。

“别乱动。”刀弥对统子嘱咐完伸出手去。

他拔出来的，是妖刀村雨。普通的妖怪如果被这把刀砍到会立马被解决，而且最近刀弥的剑术也精进了不少。

就在刀弥释放出杀气的时候。

“别着急。”夜之介拦住了他。

遇到这种状况还能保持冷静，继续悠闲地喝酒。真不愧是妖怪改方的长官，胆识过人。

“并不是任何妖怪都需要被惩办。”

这是夜之介的信条。

就像人分好人和坏人一样，妖怪也分好妖怪和坏妖怪。即使是干过坏事的妖怪中也有像稻亭的落武者和鬼火这种被拘捕之后洗心革面的妖怪。而一直在妖怪改方活跃的刀鬼，也不能完全说是个好妖怪。

“这份工作并不总是先下手为强。”

夜之介说得没有错，但要做到并不简单。如果被坏妖怪占了先机的话，一般人很有可能直接见阎王爷去了。不过夜之介也不只是嘴上说说，如果是他的话，绝对可以挡下攻击再对情况进行具体判断。

“夜之介老爷确实是厉害得让人生厌。”

连一向好强的刀鬼在他面前都自认逊色。

即使刀弥对自己现在的身手再有自信也不及夜之介，如果不先下手还是有可能会遭殃的。

“别担心，并不是坏妖怪。”夜之介断定道，不过似乎没有什么依据。

“这是我的感觉告诉我的。”

然而他虽然剑术十分了得，但感觉一向不准。

“对。不用担心，刀弥。再坏也不过是死掉罢了。”

虽然刀鬼明显是在开玩笑，但听着还真让人火大。

这时候，热风停了下来，随之传来什么东西被舔舐的声音。

“灯的旁边好像有什么东西？！”

最早察觉到的是统子。她指着一盏已经熄灭的灯的方向，有两个身影正在舔着灯油。

“妖……是妖怪吗？”

“骸骨……是猫的骸骨！”

那是一大一小两只猫的骸骨幽灵，背骨朝着众人，舔个不停。

“应……应该是妖怪呢。”

“这……这样啊。”

两只骸骨猫似乎听到了统子和刀弥的话，转过头来。

“吃起来好像油啊喵！”

“秒！”

两只幽灵眼泪汪汪。

吃起来像油那是废话吧，本来就是油。

“没想到弄个华丽的登场还真叫人倒胃口喵。”

“秒。”

看上去不像是坏妖怪，坏妖怪不会这么蠢的。

“果然会来稻亭的都是一些傻妖怪。”

刀鬼这话简直就是搬石头砸自己的脚，自己分明也是成天在稻亭出没的妖怪。

“不是坏妖怪就好。”统子说。

“我还以为店得关门了呢。”

统子把灯重新点亮后，去厨房里端了两碗汤出来。

“倒胃口就喝些当药汤吧。”

当药是一种在山林间自然生长的药草，阴干之后用来熬汤。当然了，并不是什么美味的东西。

“好苦啊喵！”

“秒！”

喝过当药汤之后两只骸骨猫再次变得眼泪汪汪，不过似乎好了不少。

“我们是骸骨猫跟小骸骨猫喵。”

“秒。”

两只猫突然鞠个躬，报上了名字。这名字还真是跟外表没有任何出入。

“所以你们这两只骸骨猫来这儿有什么事？来吃饭的吗？”夜之介问道。

这时候，小骸骨猫不知从哪里拿出一条鱼来。

“秒！”

这是条比它个头儿都要大的鲷鱼。

“啊！”

最先反应过来的是统子。

“嗯？怎么了？”

“这是稻亭的鱼。”

统子皱起眉头来。

“什么？！那岂不就是我的下酒菜吗？！”

夜之介的目光顿时变得尖锐起来。虽然这说法似乎有哪里不对，但大概能知道他要表达的意思。

“居然敢偷走我的下酒菜……你们果然是坏妖怪！”

刚刚一直保持冷静的那个夜之介已经不见了。

“即刻惩办这两个家伙！先下手为强！”说完就站了起来。

看来对作为妖怪改方来说不能轻举妄动，对作为他个人倒是可以。

“坏妖怪们，给我乖乖站在那儿别动！”

这时候不如说夜之介看起来更像是坏妖怪——俨然是一只厉鬼。虽然他平时也都这样。

“看我不把你们的骨头蒸来吃了！”

感觉应该会是很难吃的料理。

对于这样的夜之介，刀弥跟统子已经习以为常，不过初次见面的骸骨猫可被吓得不轻。

“不……不是这样的喵！”

“秒！”

它们估计以为夜之介马上就要把它们吃掉，拼了命地求饶。

“我们只是把它送过来而已喵。”

“秒。”

“别说谎了！妖怪改方是没有慈悲心的！”

妖怪改方居然是没有慈悲心的吗？

听到这话，两只骸骨猫都快哭出来了。

“我们只是把黑助丢掉的东西捡起来而已喵！”

“秒！”

统子听到这话脸色随即一变。

“黑助大人现在在哪里？”

如果是平时，她肯定只会说句“看它们被欺负的样子感觉好可怜”，现在却质问起了两只骸骨猫，甚至比夜之介还要有魄力。不愧是笕三十郎和阿园的女儿。

“秒！”

小骸骨猫躲到了骸骨猫的身后，估计是把它当成了盾牌。

“它去救同伴们了喵。”骸骨猫说。

“同伴？到底是怎么回事？！”

刀鬼可真是吃了一惊。

“说来话长喵。”

“秒。”

“少废话，快点说！”

“从头到尾说一遍吗喵？”

“对，快说！”

“还是稻亭有慈悲心。”

两只骸骨猫看上去相当可怜。

— * — * — * — * — * —

“原来是这么一回事。”

了解来龙去脉之后，夜之介表情十分凝重，看起来甚至比刚才还不开心。

“也就是说，黑助跟野猫们成了朋友。结果现在野猫们被浪人抓走，黑助就去救它们了，是吧？”刀弥总结了一遍。

“就是这样喵。”

“秒。”

骸骨猫跟小骸骨猫点了点头。

“你俩明明是黑助的师父，为什么不去帮它？”刀鬼说。

别看他那样，其实一直很为黑助着想。

不过这两只骸骨猫估计办不到吧。

就刀弥所见，这两只骸骨猫可以说弱得不行。妖力比九助还要低，体力跟仁科差不多水平，哪有可能干得过持刀的浪人。

“看来只是名义上的师父罢了。”刀鬼说话依然刻薄。

统子也不多理会这俩骸骨猫，对夜之介和刀弥求助道：“请你们去救救黑助大人吧！”

黑助虽然是雷兽，但除去能唤雷这点，跟普通的猫压根儿没两样。不对，由于在稻亭里被惯坏了，估计还不如野猫。以前倒是曾经有过想要独自打败一群火鬼的经历，然而完全不是对手，要不是刀鬼前去营救它估计早就被烤去吃了。

“就凭它那两下子，肯定会被抓起来的，怎么就不来找我们帮忙呢？”

“估计也是走投无路了喵。”

“秒。”

骸骨猫们没说的是，黑助应该是担心自己的妖怪身份暴露。

“不管怎么说都不大好办啊。”刀弥自言自语道。

统子则继续恳求：“再这样下去黑助大人就要被做成三味线

了，你们快去救救它吧！”

统子打心底里担心黑助。

“不能救。”夜之介摇了摇头。

火鬼事件时去救了黑助的刀鬼这会儿也只是叉着双手，一言不发。

“为什么不能救呢？”

“这不是妖怪改方出动的场合。”

幕府出钱给官吏是为了守护江户，而不是为了救助野猫。何况这回的事件野猫们也有过错。

“偷鱼可是相当恶劣的行为。”

已经算得上是扰乱江户治安了。妖怪改方怎么说也不能去袒护这种野猫。

“即使这样也希望你们能去救它！”

统子不肯罢休，但似乎也拿几个人没办法。

“妖怪改方是不会出手的。”夜之介十分坚决。

“真无情。”

“官吏就是如此无情。”

夜之介似乎话中有话。

“夜之介大人……”

刀弥有种不好的预感——夜之介一定在动什么歪脑筋。

结果这个预感十分准确。

“我懂了！”

统子用力点了点头。

— * — * — * — * — * —

这时候，黑助已经被抓猫的浪人们围住了。

“黑猫是不是能卖得贵一些？”

“谁知道呢。不过它这毛色确实挺不错的。”

俗话说“未打狐狸先谋皮”，浪人们这会儿是未抓黑助先谋皮，想必是觉得黑助已经插翅难逃了。

“咱们只卖它的皮，肉拿来煮火锅怎么样？”

“还是算了吧，肯定很难吃。”

“估计会吃坏肚子。”

真是一帮没礼貌的家伙。

不过黑助并没有生气，它没空理会浪人们在说些什么。它正在思考打败浪人们的方法。

如果能唤雷的话应该可以直接打倒他们，然而这个农家看不到天空，黑助想唤雷的话必须得对着天空吼叫才行。

而且即使看得到天空，黑助也不打算唤雷。这世上根本没有能唤雷的猫，它一旦唤雷，就会暴露自己是妖怪的事实了，妖怪肯定是不能参加野猫集会的。好不容易才跟野猫们成为同伴，唤了雷的话就不得不跟大家分开。黑助坚信如果自己是妖怪的事情一旦暴露的话，野猫们就再也不会理睬它了。

“喵……”

一想到自己又要变得孤零零的，黑助眼中已经泛起了泪花。它可喜欢这些野猫了。

黑助并没有任何武器，它既没咬过人，也伸不出爪子来。

“喵！”

它只能汇集全身力量对浪人们威吓了一声，然而完全不奏效。

“嗯？这只猫是在卖乖吗？”

“它该不是喜欢我们吧。”

“还真是只不怕生的家伙。”

完全被误会了。

没办法，黑助生起气来就是这么个样子。

“总之先把它也关进笼子里吧。”浪人说着便伸手要去抓它。

糟糕，被抓到的话一切就都结束了。

黑助敏捷地跑开，但没逃出浪人们的包围圈，很快就又被追上。

“喵！”黑助又试着威吓了一声。

很显然，依旧没用。

“知道了，知道了，不过我们没工夫跟你玩耍。”

浪人们误以为它是想要玩了。这也理所当然，毕竟黑助连爪子都伸不出来。

“虽然有点可怜，但你还是变成三味线吧。”

不知是不是对黑助产生了一点同情，浪人的声音变得温和了一些。

然而要抓它这一点并没有改变。

“来来来，乖乖进笼子里。”

黑助三下五除二就被抓到了。

“喵……”

浪人拎起黑助的脖子，把它关进笼子中。里面的野猫们看起来有点失望。

“接下来就是带这些猫去三味线店换钱了。”

就在浪人说完这句话的时候，一个小小的身影冲了进来。

野猫们发出了欢呼声。

“喵？！”

黑助吃了一惊。

它怎么会来这里呢？

在这千钧一发之际出现在黑助和野猫们面前的，是早已离去的虎丸。

虎丸很强，比黑助强了不知道多少倍。它虽然没有高大的体格，却能打败野狗。

“怎么又有猫送上门来了？这些猫就都这么想变成三味线吗？”

紧接着，毫无防范的浪人们在一瞬间负了伤。

“好痛！”

“居然敢抓我！”

农家里响起浪人们的惨叫声。

“岂有此理……看我不杀了你！”

浪人拔出刀来。

刀身反射出一道刺眼的光。

如果是一般长屋[1]的话，会由于低矮天花板的存在没办法使刀。然而农家可没什么天花板，虎丸似乎转眼间就处于下风。不过抬头一看，这屋子上面还有房梁呢。

虎丸跳到房梁上进行攻击，一去一回地在浪人们身上留下一道又一道伤痕，看着像只蝴蝶似的。

“喵……”

1. 长屋，江户时代租金较低的集合住宅。长条状的平房被分隔成若干户，卫生间共用，没有澡堂。

虽然不是时候，但黑助完全沉醉在了虎丸的动作中。

“可恶！这只猫是怎么回事？！”

就在浪人们遭受攻击之时，紧闭着的竹笼前又出现了新的身影。

“趁现在快逃喵。”

“秒。”

是骸骨猫跟小骸骨猫。它们没有任何征兆地出现了，看上去十分着急。

跟以往不一样，这次它们直接露出了真身，害得野猫们被吓了一大跳。

骸骨猫用手骨熟练地撬开了竹笼。

“快出来喵。”

“秒秒。”

说着便要带黑助和野猫们离开。

这样虽能逃过一劫，但黑助还有放不下的事情。

“喵？”

两只骸骨猫似乎没有等虎丸一起的意思。

“喵？”黑助又问了一次。

“虎丸正在为了能让大家逃走而战斗喵！”骸骨猫回答它。

不知是不是听到黑助和骸骨猫的声音，虎丸朝这边看了一眼，只见它下巴动了一下。

“你看，它让我们快逃跑喵！”

即使虎丸这么说，黑助也没办法见死不救。

然而……

“秒！”

小骸骨猫回应虎丸一声之后急匆匆地跑掉了。

这家伙到底是来干吗的？完全搞不懂它在想什么。

“跑掉了喵。”

骸骨猫耸耸肩，不过没有去追它，只是接着说：“你到现在还不懂吗喵？”

“喵？”

它确实被小骸骨猫搞得一头雾水。

“不是小骸骨猫，是虎丸的事。”骸骨猫说，“就拿现在的情况说吧喵。猫首领自己分很多吃的，是为了保护同伴们喵。饿着肚子的话谁也打不过对吧喵？”

野猫的生活里有许多敌人，黑助也亲眼见识过虎丸跟野狗战斗的情景。

“撵走流浪到附近的野猫也是有原因的喵。同伴数量太多就没办法保护所有的猫了喵。”

这句话放到现在黑助已经能够明白了，不论是领地还是食物都会带来各种制约。

“现在有不听话的野猫去饭馆偷鱼，是因为它们已经知道好吃的鱼是什么味道了喵。”

而让野猫们记住这味道的就是黑助。野猫们一旦尝过好吃的鱼，便不再满足于普通的食物，开始偷鱼，从而遭人憎恨。

“喵……”

黑助的耳朵耷拉了下来，它终于意识到自己有多么愚蠢。虎丸并不是什么恶霸猫，而是为了保护大家才需要吃更多食物的。

“虎丸可是个优秀的首领喵。”

骸骨猫的话深深刺痛着黑助的内心。

再朝农家里一看，虎丸已经被逼入绝境了。不管它有多么厉害，猫终究抵不过人类，何况对手还是手里拿着刀的浪人，被杀掉只是时间的问题。

虎丸也知道自己可能要被杀掉，不过是在继续为野猫们的逃跑争取时间罢了。为了救野猫同伴们，它已经准备好面对死亡了。

“喵！”

黑助决定跟虎丸一起战斗。并不只是因为责任感，还因为发自内心地想要同虎丸并肩作战。

可是它并没赶上。

“危险喵！”骸骨猫大喊道。

不知是不是由于对手太多，虎丸摔了一跤。

“受死吧！”

浪人们自然不会放过这个机会，扔出了一把小刀。

虎丸这会儿正倒在地上，根本来不及躲闪。

眼看着小刀马上就要击中虎丸了，就在这千钧一发之际，发生了令人难以置信的事情——小刀熔化了。

“啊……？”

浪人们不敢相信自己的眼睛。

“奇迹喵。一定是神明来帮我们了喵。”骸骨猫这么说。

然而这并不是奇迹，也不是神明显灵。

此时半空中时隐时现地飘浮着一团鬼火。

救虎丸一命的是稻亭的鬼火小玉，它用妖力把小刀给熔化了。

— * — * — * — * — * —

出现的并不只有小玉。

“它是一团碰巧经过的鬼火。”黑助耳边传来一个熟悉的声音。

“是……是谁？！”浪人有些露怯。

半空中这会儿毕竟飘着团鬼火，会害怕是自然的。

“我是谁不重要。”

不知什么时候，农家的大门被打开了，门口站着一个系着稻亭围裙的漂亮小姑娘。

“喵？！”

是统子。

“我也是碰巧经过而已。”

“秒。”

小骸骨猫也在。原来它刚刚不是逃跑，而是去给统子和小玉带路去了。

“碰巧经过……开什么玩笑！”

浪人们生气了。在稻亭里这估计没什么，但在他们眼里就是一种挑衅了。

“真是爱较真儿。”

“秒。”

看来这小女孩没把他们放在眼里。

“虽然不知道你们是谁，先干掉再说！”

浪人们说着就冲了过去，然而他们并没能到达统子跟前。

“呜哇！”

冲在最前面的浪人发出一声惨叫后，身体飞了出去，重重地砸在墙上。仔细一看，只见他被打成了猪头，还翻着白眼。

“使用暴力是不对的！”

统子身前出现了一个金发碧眼的男人，同样系着稻亭的围裙。

“喵？！”

是三国。

“你们到底是什么人？！”浪人问道。

“我只是一个碰巧经过的外国人。”

三国的回答跟统子如出一辙。

最近流行碰巧经过吗？而且最为碰巧的是，本所深川似乎只有他这么一个外国人。

“说得真好喵。”

“秒。”

骸骨猫和小骸骨猫莫名为之感动，黑助则还没搞懂情况。

“真是一个接一个冒出来。”

浪人们已经有点狼狈了，但接下来才要动真格。

“我们是来解放猫咪阁下们的。”

“没错。”

“秒。”

就在碰巧经过的外国人和小姑娘以及小骸骨猫说话时，“砰！”不知从哪里发出一个巨大响声，整个农家都晃了一下。

“喵？喵？”

黑助在想是不是地震或者什么庞然大物砸到了地上。

“看屋顶上喵。”骸骨猫告诉它。

“喵？”

抬起头来只见屋顶开了个洞，而且有个长着鬼面的男人正在透过那个洞看着它。

“我只是一个碰巧经过的妖怪改方。”男人用粗犷的声音报上了自己的名号。

“不能说自己是妖怪改方啊，会暴露的！”

“本来应该故意隐瞒身份过来帮忙的，这下都泡汤了。”统子和三国耸了耸肩膀说。

虽然有很多想要吐槽的地方，但他们似乎是来救黑助的。

“黑助大人不是妖怪，是猫，希望大家能跟它好好相处！”

“在下也希望如此。”

统子和三国对着野猫们低下了头。

黑助奇怪着两人为什么会知道这件事，而答案其实很简单。

“是我们告诉他们的喵。”

“秒。”

原来他们是知道了所有事情之后在请求野猫们。

“喵……”

黑助难以掩饰心中的喜悦。看来统子她们愿意把黑助当作野猫们的一分子。

“既然被官吏抓个现行，那就只能把你们全都杀光了！”

浪人们面露凶相，挥着刀就朝统子和三国砍了过来。

不能让他们得逞，不能让浪人们碰稻亭任何人一根汗毛！

“喵！”

黑助朝着刚刚夜之介开的洞对空中叫了一声，顿时雷云聚集，发出沉闷的响声。

“快捂住耳朵！”

统子的话就像是什么信号一样，“轰隆……”雷即刻砸了下来。

这雷虽然不大，但威力不同凡响。倒是没击中浪人们，不过硬生生在农家地面砸出了一个大坑来。

“要是被打中肯定就死了……”

“碰巧经过”的外国人略为后怕。

“吓死我了喵……”

“秒……”

两只骸骨猫瞪大了双眼。

“呜……呜……”

浪人们被吓得动弹不得，仿佛失了神一样。

“听说本所深川住着只能唤雷的妖怪呢。”夜之介突然嘀咕道。

虽然不大清楚他说的是真是假，但妖怪改方长官的话果然还是非常有分量的。浪人们不禁咽了咽口水，不知为何两只骸骨猫哆嗦个不停。

“妖怪真是太恐怖了喵……”

“秒……”

你们不也是妖怪吗？

而浪人们比它们哆嗦得更厉害。

屋顶上的夜之介继续说道：“似乎只要有人欺负猫的话就会打雷，如果不想被劈成木炭的话还是小心为妙哦。”

他此时的笑容看上去完全就是个恶人，而统子则神情严肃地点了点头。

“小心为妙。”

“秒。”

小骸骨猫也附和道。

“喵！”

黑助有种统子搭档的位置被小骸骨猫抢走的感觉，用比以往都要响亮的声音也附和了一下。

— * — * — * — * — * —

半个月之后——

“好久没呼吸到自由的空气了嚯。”生剥说。

很久没呼吸到自由的空气的并不是生剥，而是见越入道。他之前因为蓄意杀害生剥而被抓进妖怪牢，这会儿刚被释放出来。

好久没见过没有铁栏的景色了。估计是在里面关了太久，现在看到阳光都十分刺眼。铁窗外的世界是多么宽广啊，让人不禁感受到自己的渺小。

“别再被抓进来了。”

说这句话的是里村峰太郎，对于妖怪改方的工作他看上去已经得心应手。他的妻子阿优也有了孩子，峰太郎明年就要成为父亲了。在见越入道被关的这些日子里，牢外的时间依然在流动。

“我回头一定再好好跟他叮嘱一番嚯。”生剥保证道。

他是见越入道的担保人，见越入道之所以能被释放出来多亏了他。

见越入道虽然很不服气，但被关押久了之后现在整个人身上更多还是被重获自由的爽快感所占据。没想到自己作为一个长久生活在黑夜之中的妖怪居然也能被不见天日的地牢生活折磨成那样，打死都不想坐第二次了。

“让你们费心了。”见越入道说。

这时——

“挡路了喵，让开点喵。”

“秒。”

“喵。”

骸骨猫、小骸骨猫，以及稻亭的黑助跑过来，进了妖怪改方的地牢里。

“刚刚的是什么？”见越入道吓了一跳。

“是工作嚯。”生剥回答他，但这跟没回答没什么两样。

“工作？居然有猫妖怪在这里工作吗？”

难道在他坐牢的这段日子里，外面竟已变成猫妖怪也在工作的世界？

“不过要说雇妖怪工作符不符合妖怪改方作风的话，倒也是挺符合的。”

见越入道勉强接受之后，生剥却摇了摇头。

“在这里工作的可不是只有妖怪嚯。”

“不只有妖怪？”

还没等生剥回答他。

“喵。”

“咪嗷。”

“喵喵。”

“喵。”

又出现十几只猫跟在骸骨猫和黑助屁股后面跑了过去。有虎纹的、三种毛色的，等等。

“简直就是百猫夜行嚯。”

真是牵强的说法，现在分明是白天。

不过见越入道并没有挑刺儿。

“形容得真贴切，不愧是生剥啊，真有意思。哈哈哈。”

被牢狱生活驯化的见越入道竟因这无趣的话语笑了起来。不论是妖怪还是人类总会有为无趣事物发笑的一天，成熟的个体必然都有过这种感受。

自己作为“江户妖怪首领”受众妖怪敬仰已经是好久以前的事了啊。

“我们之后打算设立一个妖怪收容所。”

分明谁都没问，里村峰太郎就擅自开始说明了起来，看来是已经到了爱唠叨的年纪。不过见越入道决定听他说一说。

“妖怪收容所是什么？”他故意接茬问道，满足了峰太郎小小的表现欲。

“就是收容有可能成为坏妖怪的家伙，给他们活干的地方。”

看那沾沾自喜的样子，不知道的人还以为这是他的主意。其实另有其人。

“是铁三郎的提案嚯。”

长谷川铁三郎，也就是后来被称为“鬼平”的男人。

“不过暂时人手不足，于是就想到了先请它们来帮忙。”

“为此雇了这些猫嚯？”

“嗯，就是这样。”

还真是个随意的决定。

大概讲得通，但总觉得还是有哪里不太对劲。说到底，猫能帮得上什么忙呢？

不过见越入道也没多说一句话，他在牢里的时候就已经决定不再冒犯地位比他高的人了。

“这想法真不错，不愧是妖怪改方。”

从他的声音中隐约能听出一种忧伤。

活在这世上真是有各种不易啊！

第三章

–

明天你将见到阿久美

–

Chapter 3

这一天，阿久美来到了本所深川的外围。

太阳已经下山很久了，周围是一片黑暗。

本所深川向来不大安定。由于离江户城较远，官吏们的管辖不像中心地区那样全面，这里居住着不少凶神恶煞。

夜晚的本所深川非常危险，即使是个大男人也会尽量避免独自走在深夜的路上。

然而，阿久美一个女人却毫不害怕。

虽然不知为什么她穿着男人的衣服，但从体形也能很明显看出来是个年轻女人。阿久美不到二十岁，容貌有种美少年的气质。然而在坏人眼里，她就是个送上门的猎物。

经过三十三间堂来到木场附近时，从黑暗中走出了一群男人，不多不少正好十人。每个看起来都十分邋遢，眼睛像饥饿的野狗一样。他们挡在阿久美面前，脸上露出阴险的笑容。估计是群住在本所深川的流氓。

“一个女孩子怎么这么晚了还在外面？夜路很危险，不如跟我们一起走怎么样啊？”

男人们一起大笑起来，其中有几个人在议论着说这女的长得真不错。

阿久美没有打算理会他们。然而在她打算从旁边走过去的时候，又一次被挡了下来。

“别走啊！我们一定会好好疼爱你的，跟我们一起来吧！”其中一个人说着就伸过手去，阿久美也没大喊大叫。

看到她这样子，男人们反倒觉得有点惊讶。

“嗯？怎么回事……看来是想跟我们玩玩？”

“玩？”阿久美终于开了口，声音就像少年一样。

“呵……说不定我还真有点想玩一玩。”

阿久美自言自语地说了这句话之后，男人们欢呼了起来。

“早说嘛！来来来，我们带你去那边的寺庙里。”

男人们心急地迈出脚步，阿久美却一动不动。

“不用，在这里就行了。”

“嗯？”

就在男人们疑惑地停下脚步时，阿久美的手以肉眼难以捕捉的速度动了起来。

“当……”

“当……”

“当……”

一连串紧凑的响声之后，男人们挨个儿倒在了地上。

二刀流的阿久美。

流氓们不知道的是，阿久美乃一个剑士，而且还不是一般的剑士，是日本第一大恶徒——早乙女善鬼的左右手。她就算跟幕府的官吏交起手来也不会落下风，岂是区区流氓地痞能够对付的。

自从疫病神事件以来她就一直在寻找善鬼的下落，这会儿正来到本所深川。

“玩得可真是不尽兴。”阿久美说完将刀收入鞘中。

倒在地上的流氓们无一不翻着白眼。

阿久美并没有直接取他们性命，只是用刀背把他们击晕而已。这么做不是由于惜命，而是不想被血弄脏衣服。

作为证据，接下来阿久美找了一口井，开始将流氓们一个个背起来。

“你们还是去另一个世界吧。有二刀流的阿久美来成全你们，应该高兴才对。”

肯定不会有人因为这种事感到高兴，不过阿久美似乎是认真的。

“下辈子好好做人吧。”

话音一落，一个流氓被扔到井里。

二刀流的阿久美，一个没有感情的女人。在某种意义上她甚至要比善鬼还可怕。

将流氓们一个个扔进井里的同时阿久美自言自语地说：

“水井还真是方便的东西。”

看来她完全把水井的用法搞错了。

“接下来是最后一个了。”

就在她正要把第十个流氓扔到井里的时候。

“一个人、两个人、三个人……九个人——不要再扔更多人了。”

井底传来了奇怪的声音。

“嗯？”

阿久美将第十个人也扔下去之后问道：“有人在里面吗？”

“不要扔了之后才问啊！明明叫你别再扔更多人了。”

“呼——呼——”一阵微热的风吹来。

如果是普通女人的话估计鸡皮疙瘩已经起了一身，而阿久美果然不为所动。

“风吹得正是时候，我刚好出了些汗。”

二刀流的阿久美，一个分不清状况的女人。

她匆忙地就要离开。

“等……等等！”

从井里出现了一张年轻女孩的脸，装扮上看起来像是个女用人。长得倒是不错，但由于有一头长长的黑发，看上去十分阴郁，给人的感觉是个“相当麻烦的女人”。

阿久美最不擅长的就是麻烦的人和事了。她打算假装什么都没看到直接走开，却被叫住了。

“都说了，等等嘛……”女孩子吃力地从井里爬出来。

真没办法，听听她想干吗吧。

“你在那种地方干什么？”

“我住在这里啊。”

“哦？真是个奇怪的住处。”

“请不要往我家里随意扔人，而且那些人好脏啊！”

刚刚那群流氓确实个个身上都散发着臭味。把十个那么脏的人扔到别人家里面，可以说是蓄意谋杀了。

“不好意思。”阿久美总算道了个歉，毕恭毕敬地报上名字，“我名叫阿久美。实在非常抱歉，给你添麻烦了。”

“我叫阿菊，番町皿宅邸[1]的阿菊，你听说过吗？”

“没听说过。”阿久美老实地回答道。

“果然没有听说过……”

阿菊突然大哭了起来。

—*—*—*—*—*—

阿久美虽然是女的，但很有男子气概。绝不能放着哭泣的女生不管，而且她也为把阿菊那不知该说是井还是家的地方弄得一团糟而感到内疚。

“阿吉是吧，你为什么哭呢？”

“不是阿吉，是阿菊。”

这下子哭得更厉害了。

二刀流的阿久美，有男子气概，但不擅长记名字。

“哦，名字的事先不要放在心上。”阿久美敷衍一下，强行想把话题拉回来，“哭也解决不了问题，你有什么难处就说给我听听吧。”

阿久美心里打算阿菊如果不说的话她就直接离开。虽然有

1. 番町皿宅邸，日本民间鬼故事。

男子气概，但可不爱管闲事，而且其实她说完马上就有点后悔了。真想赶紧走人，尽快找到善鬼。

不过似乎还不能离开。

“其实……”

阿菊开始说了。

阿久美没办法，只能听她说。

“我生前把主人贵重的盘子给打碎了，总共十个成一套的盘子，被我打碎了一个。”

“噢？”

“主人因此非常生气，剁了我一根手指。我害怕主人还要杀我，就投井自杀了。”

阿菊这种死法显然是没法成佛的。

“然后就变成幽灵了。”

刚开始江户里的人们还都被她吓到，但不久以后就不怕她了。等阿菊反应过来时，她已经成了一个没有任何人害怕的幽灵。

“谁都不怕我……”

或许这对幽灵来说确实是个烦恼。

“既然如此，你主动去吓人不就好了吗？来，你试着吓一吓我吧。”阿久美话音刚落，之前那种微热的风又再次“呼——

呼——”地吹了起来。

阿菊一边吹着那风，一边用充满怨念的声音说道：“一个……两个……三个……”

“嗯？你在数什么？”

“盘子呀！我在数盘子，不要打断我！”

“呃，不好意思。你继续吧。”

“一个……两个……”

“怎么又从头开始数了？”

“都说不要打断我了……”

“呃，抱歉。”

这样的对话反复几次之后，阿菊总算数到了最后一个。

“……九个……少了一个。”

“是吗？”

这就是阿久美的反应。

“你为什么不害怕呢？”

“有什么好害怕的？你不就是在数盘子吗？”

阿菊沮丧地垂下了头。看来这就是她吓人的全过程了。

“不会让人感到害怕的幽灵，活着还有什么意思呢？”

虽然知道她想表达什么，但是所谓幽灵就是已经死掉了啊。

“没办法，帮人帮到底，送佛送到西。只要进行吓人修炼就可以了。”

“修炼？”

“嗯，修炼。任何事都是熟能生巧。”

就这样，阿久美开始帮阿菊修炼吓人的功夫。

— * — * — * — * — * —

虽然说是修炼，但阿久美并非幽灵，也从来没害怕过幽灵，真不知道自己该教些什么东西才好。

“只能实践了。”她轻率地决定道。

“实践？”

阿菊的表情看起来有些不安，她其实有点害怕阿久美。

“嗯。”

阿久美依然没有什么反应，完全没有察觉到阿菊的不安。

“就是直接去吓人。这一定比纸上谈兵要奏效。”

说出来的话总让人觉得有什么不对劲的地方，却又说不上不对，这也是阿久美的一个可怕之处。

总之，女剑士和女幽灵躲进了树丛中，所谓修炼变成了单纯的吓唬路人。

“这么晚了会有人经过吗？”

这是最大的疑问。

“不要担心，心诚则被绊倒。”

阿菊不知道该怎么理解阿久美这句话，只能当作她是故意说错了。“心诚则灵”究竟是怎么样才变成这个说法的呢？阿久美的想法真是充满谜团。

“可是我没有脚啊……”

“那就不用担心会被绊倒了，这不是很好吗？”

“太好了。”

就在两人交谈的过程中，终于传来了脚步声。有人来了。

“先由我来示范给你看。”

说完阿久美就跳了出去。由于不是以命相搏，大可不必瞻前顾后，十分果断。

“呵！”

阿久美落脚于过路人面前，冷不防拔出两把刀吼道：“害怕吧！”

真是胡来的示范，完全就像个山贼一样。

不过来者理所当然地被吓了一大跳。

“呜哇！！”

只见其惊慌失措、连滚带爬地逃走了。

“咦，刚刚的不是人类啊？身体是绿色的，好像河童一样，而且总觉得在哪里见过。”阿久美自言自语道。低头一看，只见有根黄瓜掉在地上。

刚刚被阿久美吓到的是河童九助。

“明明是人类，却把妖怪给吓了一大跳，真厉害啊！”阿菊在树丛里佩服地说。

— * — * — * — * — * —

“像我刚刚那样子做就可以了。”阿久美对阿菊说。

看来她是铆足了劲儿去做示范的。女人这种生物果然比幽灵还要恐怖，更恐怖的是这世上恐怖的女人还不止阿久美一个。

“我知道了，我感觉应该也做得到。”

阿菊充满干劲，也不知道她的信心是从哪里来的。女人的想法果然充满了谜团。

这时候再次传来了接近那里的脚步声。

“居然能把黄瓜给弄丢了，这还真不像九助阁下的作风。”

看来是有什么人来找河童落下的黄瓜了。

“来得正是时候。让我看看你的修炼成果吧。”阿久美从背后推了阿菊一把。

怎么现在就要看成果了，修炼难道不是才刚刚开始吗？

总之，阿菊跳了出去，对路人大喊道："害怕……"

话只说了一半，因为阿菊眼前出现了意料之外的东西——一团幽幽飘浮着的火球。

"这……这是什么？"

"那好像是鬼火吧？感觉也挺眼熟的……到底是在哪里见过来着？"阿久美在树丛中疑惑地自言自语道。

"在下，出马了！"

"出什么马，我们是在找黄瓜啊！"

一个平家落武者跟一个外国人先后说道。

虽然他们单纯只是在找黄瓜的途中将鬼火作为提灯罢了，但在旁人看来此情此景实在有点儿毛骨悚然。

"好……好可怕……"

结果反倒是阿菊被吓得落荒而逃……

— * — * — * — * — * —

"怎么跑回来了？你作为一个幽灵怎么可以害怕人类呢？"阿久美对逃回树丛的阿菊训斥道。

"因为……"

"是男人就别找借口！"

明明是自己问人家的。而且，阿菊压根儿就不是男人。

“再试一次看看吧。刚刚是情况特殊，之后没有鬼火、平家落武者和外国人在的话应该没问题。”

阿菊是因为害怕他们才跑回来的。

“嗯……我……会加油的！”

阿菊看上去显然不是很有把握，但又不敢违抗阿久美，只能稍微点了点头。

之后传来了第三次脚步声，声音比头两回要轻得多。

“来，拿上这个。”阿久美说着把自己的刀递给阿菊，俨然像个命令将士去开炮的将军。

“那我去了！”

接过刀之后阿菊再次跳了出去。

这回是一个小女孩和一只小猫。

“妖怪出现了！”

“喵！”

“还拿着一把刀！”

“喵！”

“太危险了！”

“喵！”

……

这回似乎总算能吓到人了，阿菊也顺势鼓起勇气，说：“杀了你们……”

自己为什么能说出这句话呢？想必是受到了阿久美的影响。

就在这时，阿久美想起来了。

“啊，那只猫是妖怪改方的……阿菊有危险！”

然而太迟了。

“黑助大人，麻烦打倒这只坏妖怪！”

“喵！！”

下个瞬间，“轰隆隆……”一道雷以阿菊的刀为目标砸了下来。

“呜啊啊啊……”

阿菊的惨叫声响彻深夜的本所深川……

— * — * — * — * — * —

“要不还是算了吧。”

阿久美想要放弃了。

确实也有修炼地点挑得不对这一因素在里面，但更重要的是阿菊完全就不擅长吓人。感觉上对她来说还是找一口新水井在里面悄悄生活要更幸福一些。此外，阿久美也有点不耐烦了。

谁料阿菊依然不肯放弃。

“再一次就好了，让我试试吧。”

“好吧。”

“最后这次我要用自己的方法试试看看。”

“好吧。”

“我感觉这次一定可以。”

“好吧。”

阿菊独自充满了干劲时，又传来了脚步声。这回听起来既不像妖怪也不像小孩子。

“我去了。”

不过阿久美这回拦住了她。

“等等，还是确认一下来者身份再出去。刚刚失败的根源就在于不知道敌人是谁就贸然行动。”

这话应该早点说的。

“有道理。”阿菊也同意。

于是两人一起从树丛中看出去，只见一个美丽的成年女子正走过来。

“嗯……”阿久美皱起眉头来。

走过来的是稻亭的阿园。

“想要吓到她估计没有办法。”阿久美早早地下了定论。

虽然没有实际打过照面，但她也听说过一些阿园的传闻。

“她可是江户最可怕的人类，不但能随意使唤妖怪，而且连妖怪改方长官都不敢违背她。以前的妖怪改方长官也被她严加管教。”

这话忘记是从哪个年轻人那儿听来的了。总之阿菊肯定不会是这个女人的对手，说不定反倒会被抓起来卖到青楼去。

“还是算了吧。”

话说得太迟了，阿菊早已经跳了出去。她不知从哪里拿了些盘子出来，在那儿数着。

“一个……两个……三个……”

阿园看上去十分疑惑。阿久美觉得阿菊肯定会被这个女人吃掉，已经开始祈祷她能够成佛了。

然而阿菊完全不知道自己面临着怎样的危险，继续数盘子。

“六个……七个……”

不知是不是心理作用，阿园看起来有点不安。难道说这着居然行得通？

“八个……九个……少了一个……”

“哇啊啊啊！”

阿园发出了惨叫声。

“真是太可怕了，盘子居然少了一个！”